Sylke Tannhäuser, Jahrgang 1964, wurde in Leipzig geboren, wuchs in Zittau auf und kehrte nach dem Abitur nach Leipzig zurück. Sie hat Betriebswirtschaft sowie Verwaltungswirtschaft studiert, schreibt Kriminalromane, Kurzgeschichten und Regionalliteratur und arbeitet als Schreibcoach.
www.sylke-tannhäuser.com

Impressum
1. Ungekürzte Taschenbuchausgabe
Copyright©2024 S. Tannhäuser
Umschlagbild by pixabay
Verlag: BoD • Books on Demand GmbH, In de Tarpen 42, 22848 Norderstedt
Druck: Libri Plureos GmbH, Friedensallee 273, 22763 Hamburg
ISBN: 978-3-7597-7618-1

Sylke Tannhäuser

Diamantentod

Dieses Buch ist ein Roman. Handlungen und Personen sind frei erfunden. Ähnlichkeiten mit lebenden oder toten Personen sind rein zufällig.

Eins

Der Mann war aufgetaucht wie ein Geist. Plötzlich hatte er vor ihm gestanden, eine dürre Gestalt, in dunkles Leder gekleidet und mit einem Ziegenbart am Kinn. Aus dem Nichts war er vor ihm erschienen, in seinem eigenen Haus. Sein Anblick hatte ihn erstarren lassen. Fassungslos hatte er nach Luft geschnappt. Dadurch hatte er Zeit verloren, kostbare Sekunden, in denen er hätte fliehen können.

Wie lange war das her? Drei Stunden? Vier? Bevor er einen Ton herausbringen konnte, hatte der Mann ihn auf einen Stuhl gestoßen, ihm die Arme hinter die Lehne gebogen und sie mit einer Gartenschnur gefesselt. *Seiner* Schnur. Im Herbst erst hatte er sie gekauft, um die Brombeerranken festzubinden, doch dann hatte er es vergessen. Fünfzehn Euro hatte sie gekostet. Dass er ausgerechnet jetzt daran denken musste!

Anfänglich hatte er noch geglaubt, dass der Dunkle ihn nur erschrecken wollte. Wie er es oft gemacht hatte. Damals. Vor ewigen Zeiten. Aber das war, bevor die Musik ins Spiel gekommen war. Eine Oper von Wagner, Rheingold, wie der Dunkle sagte.

Die Töne schwappten durch den Raum, von *seinem* CD-Player. Woher, zum Teufel, hatte er gewusst, dass einer im Schrank stand? Er selbst hatte ihn seit Jahren nicht benutzt. Richard Wagner jedenfalls, und damit stand fest, was der Dunkle vorhatte.

»Ich frage, du antwortest.« Die Worte waren wie nebenbei gefallen, weder laut oder drängend, doch er wusste, was es hieß, wenn der Dunkle auf diese Art sprach, und genauso fuhr der auch fort: »Du weißt, wie ich an Antworten komme. Mach es dir leicht oder es wird schmerzhaft, mir ist es egal.«

Er hatte nur den Mund verzogen. Ein Fehler. Einer von vielen, wie ihm schnell klar wurde, denn der Geist schien nichts für sein Grinsen übrig zu haben. Der hatte keinen Humor, schon früher nicht. Dafür hatte er ein Messer, eines mit einer langen, dünnen Schneide.

Strafe muss sein.

Das hatte der Dunkle gemurmelt und ihn gemustert, als wäre er eines seiner Versuchsobjekte. Gleich darauf hatte das Messer in sein Fleisch gebissen und dünne Streifen Haut von seinen Armen geschält. Seine ersten Schreie waren hoch und schrill gewesen, später hatte er nur noch gewimmert. Nicht mehr lange, und er würde sterben. Er hatte es in den leeren Schattenaugen gesehen.

Als der Schmerz übermächtig geworden war, hatte ihn eine erlösende Ohnmacht umfangen. Er wusste nicht, wie lange er weggetreten war, doch irgendwann hatte ihn der Dunkle mit einem Schwall eisigen Wassers zurück in die Gegenwart geholt. Seitdem schwieg das Messer, die Musik ebenso, und obwohl er nicht spürte, ob noch Blut aus seinen Wunden tropfte, war ihm schlecht. Der Schmerz fraß wie ein wildes Tier an seinen Armen, und vor seinen Augen lag ein Schleier, durch den er kaum mehr als Schemen erkannte. Nur der Ziegenbart hüpfte und zitterte direkt vor seinem Gesicht auf und ab, und er fragte sich, was das sollte, bis ihm klar wurde, dass der Dunkle lachte.

Ein Schauer lief ihm über den Rücken, die Kälte blendete den Schmerz in seinen Armen aus, jedoch nicht lange genug, als dass er ihn vergessen hätte. Der Dunkle bewegte die Lippen, aber er verstand kein Wort. Etwas musste mit seinen Ohren passiert sein.

Unvermittelt beugte sich der Dunkle zu ihm, ihre Nasen berührten sich fast. Der Dunst nach Alkohol und Zigarettenrauch traf ihn, Säure stieg aus seinem Magen nach oben und füllte die Mundhöhle. Der Würgereiz zwang seinen Kopf nach vorn, und der Dunkle zuckte zurück. Schleim und hellbraune Bröckchen landeten auf seinen Schenkeln. Reste des Gulaschs, den er gegessen hatte. Das war, bevor ihn der Geist überrumpelt hatte. Die feuchte Masse sickerte von seinem Schoß die Beine hinab, und Nässe drang durch den Stoff der Jeans. Die laue Wärme vertrieb die Kälte aus der Haut. Irgendwie tröstlich, so dass er sich am liebsten darin verkrochen hätte, weg von dem Horror. Weg von dem Dunklen mit den grausamen leeren Augen.

Der verzog angewidert den Mund, und wieder bewegten sich die Lippen, aber jetzt konnte er hören, was er schrie. *Du Schwein.* Dann war er hinter ihm, und instinktiv zog er den Kopf ein, um dem Schlag auszuweichen, doch der blieb aus.

Gibt es einen Gott?

Es musste wohl so sein, denn seine Fesseln wurden gelockert. Der Dunkle riss ihn vom Stuhl hoch und schleifte ihn ins Bad. Ein harter Stoß, und er stolperte in die Duschkabine. Bevor er sich aufrappeln konnte, kam das Wasser, erst eiskalt, dann allmählich wärmer. Der Mann sah ihm eine

Weile zu, mit einem verächtlichen Grinsen, dann verschwand er durch die Tür.

Endlich war er allein, und noch nie war er darüber so froh gewesen wie jetzt. Tränen liefen ihm über die Wangen und mischten sich mit dem Wasser, das auf ihn einprasselte.

Wie hatte er nur glauben können, dass er hier sicher war? Zwar hatte er seine Spuren gründlich verwischt und nur das Nötigste mitgenommen. Es hatte schnell gehen müssen und heimlich, und es war ein Riesenglück gewesen, als er das Versteck entdeckt hatte. Eine Zuflucht und eine neue Identität, aber das Gespenst da draußen hatte ihn trotzdem gefunden.

Er schniefte und zog den Rotz hoch, der ihm aus der Nase lief. Das Shirt klebte nass an seinem Rücken, auch die Hose hatte sich mit Wasser vollgesogen, doch wenigstens war die Kotze aus dem Stoff gespült. Dafür hatten sich unter dem Strahl die frischen Wunden wieder geöffnet, und rosafarbene Rinnsale bahnten sich ihren Weg seinen Körper hinab, ehe sie im Abfluss verschwanden.

Er hatte immer gedacht, dass er stark wäre, und jetzt? Nichts war er. Er sank auf die Knie, schlang die Arme um den Leib und wiegte sich schluchzend vor und zurück. Nach einer halben Ewigkeit versiegten seine Tränen, und er versuchte auf die Beine zu kommen, doch er zitterte zu sehr.

Sein Blick huschte zum Fenster. Drei Schritte, nur drei verdammte Schritte. Ein Klacks für einen gesunden Mann, für ihn jedoch unendlich weit. Trotzdem, wenn es ihm gelänge, hinzukriechen, den Fensterflügel aufzustoßen und sich über die Brüstung zu ziehen, wäre er gerettet. Er stemmte die Hände auf den gefliesten Boden und achtete nicht auf den Schmerz, der wellenartig durch seinen Körper rollte und ihn zu ersticken drohte.

Strafe muss sein.

Stück für Stück schob er sich vorwärts.

Obwohl er ihn nicht gehört hatte, war der Dunkle auf einmal über ihm. Er sah die Faust, die auf ihn zukam. Dann Schwärze.

Als er wieder zu Bewusstsein kam, war ihm schwindlig, doch das Seil, mit dem er wieder an den Stuhl gefesselt war, verhinderte, dass er umkippte. Der Dunkle hielt dieses Ding in der Hand. Die Strafe – sie kam.

Mein Gott, Erbarmen.

Juan bellte. Es war nicht das Bellen, mit dem sich Hunde über die Straßen hinweg austauschten. Es war auch nicht besonders laut, aber es war hartnäckig. Mariella schob ihren Stuhl zurück und trat ans angelehnte Fenster. Das Gebäude, in dem die Leihbücherei untergebracht war, hatte schon bessere Tage gesehen. Wie bei den meisten Häusern in Sabnitz waren die Wände weiß getüncht, allerdings war die Farbe im Laufe der Zeit an mehreren Stellen abgeblättert. Selbst Bürgermeister Josef Seeberger hatte bislang kein Geld für die Renovierung auftreiben können, nicht einmal für das Gemeindeamt im Erdgeschoss.

Die Bücherei lag unter dem Dach und war ein langer Schlauch ohne Wände und Türen. Das freigelegte Ständerfachwerk war die einzige Trennung, mit der Gesine Krüger die einzelnen Genres geordnet hatte, als sie die Bibliothek im letzten Jahr übernommen hatte. Der Tod ihrer Vorgängerin steckte Mariella noch immer in den

Knochen. War sie es doch gewesen, die Klara Zein in der Frankenalb gefunden hatte. Ermordet und unter einem Baum versteckt.

Feuchtnasser Wind wehte durch den Fensterspalt. Mariella zog ihre Strickjacke enger um die Schultern und setzte sich wieder zu Gesine an den Tisch, an dem gewöhnlich die Besucher empfangen wurden. Es war eine alte Verkaufstheke, auf der eine Glasplatte lag, doch sie passte zur übrigen Einrichtung, die bunt zusammengewürfelt war, aus Haushaltsauflösungen oder von Möbelspenden.

»Was hat er denn?« Gesine nickte in Richtung des Fensters.

Mariella strich sich die halblangen braunen Haare hinter die Ohren. »Juan? Wahrscheinlich will er rein.«

»Kein Wunder bei dem Wetter.«

»Juan friert nicht, der hat ein dickes Fell.«

Aus Gesines Haarknoten hatte sich eine dünne Strähne gelöst. Vergeblich versuchte Gesine, sie festzustecken, gab es schließlich auf und vergrub die Hände in den Taschen ihrer langen Strickweste. »Der Tee ist gut, oder?«

Mariella steckte ihre Nase in die Tasse und sog den Geruch ein. Minze mit Honig, genau richtig bei der Kälte, die in dem alten Gemäuer hockte.

Unter ihnen im Haus krachte eine Tür ins Schloss, dann polterten schwere Tritte die Treppe herauf.

»Unser lieber Herr Bürgermeister.« Gesines linkes Augenlid begann zu zucken.

Jochen Seeberger stürmte herein, ignorierte Gesines erhobene Hand und blieb keuchend vor Mariella stehen. Das Doppelkinn unter seinen zusammengekniffenen Lippen bebte, und seine Schweinsäuglein funkelten. »Ist das Ihr blödes Viech da unten?«

»Juan ist nicht blöd, aber ich wollte ohnehin gehen.« Mariella trank ihre Tasse aus und stand auf, doch Seeberger hatte sich bereits umgewandt und tobte wieder hinunter nach draußen.

Sie verabschiedete sich von Gesine Krüger und folgte ihm ins Freie. Der anhaltende Schneefall hatte die Straße mit einer frischen weißen Decke überzogen, die selbst die abgesenkten Stellen in dem Kopfsteinpflaster verbarg. Juan stand noch brav dort, wo Marielle ihn zurückgelassen hatte. Angebunden an der dicken Eiche starrte er wie gebannt nach oben in die Krone des Baumes, wo eine ausgemergelte Krähe hockte. Seine Schlappohren zuckten, als sich Jochen Seeberger neben ihm aufbaute. »Wenn du nicht sofort still bist, hole ich mein Beil.«

Seeberger war nicht nur der Bürgermeister, sondern gleichzeitig der Fleischer des Dorfes.

Mariella löste Juans Leine und strich ihm über den Kopf. »Ruhig, mein Kleiner. Der Seeberger meint es nicht so.«

Wuff, machte Juan, als würde er ihre Meinung keineswegs teilen.

Sie guckte zu Jochen Seeberger hinüber, über dessen Kragen sich Speckwülste wölbten. Mit einem missmutigen Ausdruck spähte er in den Himmel, an dem sich dunkle Wolken türmten.

»Da kommt was auf uns zu, es wird eisig kalt. Und glatt. Hoffentlich reicht das Streugut für die Straßen.« Abrupt drehte er sich um und stapfte durch den Schnee ins Haus zurück.

Mariella zog Juan mit sich fort die Dorfstraße

entlang. Rechts und links reihten sich Gehöfte aneinander. Im Sommer blühten in den Bauerngärten vor den Häusern bunte Blumen, jetzt aber waren sie unter der Schneeschicht verborgen. Auch die Sträucher und Bäume trugen weiße Mützen. Kein Laut war zu hören. Als ob das ganze Dorf im Tiefschlaf läge.

Sie erreichte den Anger. Ehemals war er der Mittelpunkt von Sabnitz gewesen, doch im Laufe der Jahre hatte sich das dörfliche Leben an den Ortsrand verlegt. Dorthin, wo Seeberger einen Sportplatz hatte bauen lassen, und wo sich an Feiertagen und Wochenenden Fußballfans und die Mitglieder der Freiwilligen Feuerwehr trafen.

Mariellas Wohnhaus stammte aus dem vorigen Jahrhundert, und insgeheim musste sie zugeben, dass es kaum besser aussah als das Gemeindeamt. Die grünen Fensterläden hätten einen neuen Anstrich verdient. Im Frühjahr, spätestens im Sommer, nahm sich Mariella zum wiederholten Male vor, doch sie wusste zugleich, dass sie es wieder vor sich herschieben würde.

Im Grunde war das Haus viel zu groß für sie. Es fehlte an allen Ecken, denn die Ortsapotheke, die sie von ihren Eltern geerbt hatte, brachte längst nicht mehr so viel ein wie früher. Immer mehr Kunden bestellten ihre Medikamente lieber im Internet. Manchmal fragte sie sich, ob sie die Apotheke nicht einfach aufgeben sollte.

Sie schaute zu dem Ziegeldach hoch. Eine Elster hockte auf dem First wie ein schwarzweißer Geist und äugte zu ihr herunter. Zum Glück hatte Juan den Vogel nicht entdeckt, sonst hätte er wieder angefangen zu bellen. Unter dem Dach zeigten zwei kleine Fenster auf den Platz.

Sie gehörten zu der Wohnung, die Mariella an Loriana Teziano vermietet hatte. Zwar konnte Lore manchmal echt anstrengend sein, trotzdem mochte Mariella die junge Frau. Blöd, dass Lore bald ausziehen wollte, um mit ihrem Freund, einem italienischen Pizzabäcker, zusammenzuleben, der in Delitzsch eine eigene Wohnung hatte, groß genug für zwei Personen. Insgeheim vermutete Mariella, dass das nicht der einzige Grund für Lores Umzug war, denn da war noch ihr Vater. Signor Teziano betrieb in Sabnitz das Eiscafé, in dem auch Lore arbeitete.

Mariella stampfte den Schnee von den Sohlen ihrer Stiefel und öffnete die Haustür. Juan blieb auf der Schwelle stehen, damit sie ihn von den Eisklümpchen befreien konnte, die sich im Fell zwischen seinen Zehen und am Unterbauch verfangen hatten. Während sie ihn mit einem alten Handtuch abrubbelte, schaute sie über den Platz.

Irgendetwas war anders als sonst. Es dauerte geraume Zeit, bis sie erkannte, woran das lag. Normalerweise drang um diese Zeit Rauch aus dem Schornstein des Bauernhauses auf der gegenüberliegenden Seite. Heute nicht. Auch der Geruch nach verbranntem Holz fehlte. Ihr Blick fiel auf den Gehweg, der eine unberührte Schneedecke aufwies. Anscheinend war Oshold nicht daheim. Sie konnte sich nicht erinnern, ob das schonmal vorgekommen war, aber was wusste sie schon von ihm. Sie kannte den Mann ja kaum.

Oben klappte eine Tür, und Lore erschien auf der Treppe. Sie rieb sich die Augen, gähnte laut und fuhr sich durch die schwarzen Locken, die nach allen Seiten abstanden. »Schneit es schon wieder?«

Mariella schüttelte den Kopf. »Guten Morgen, Lore. Weißt du, was mit dem Oshold ist?«

»Was soll schon mit dem sein.«

»Er hat den Gehsteig nicht gefegt, und Feuer hat er auch noch keins gemacht. Das sieht ihm gar nicht ähnlich.«

»Vielleicht hat er verschlafen.« Lore schlurfte in Richtung Küche. In der Tür drehte sie sich um. »Ich mache mir einen Tee. Magst du auch einen?«

Mariella gab Juan einen Klaps, damit er sich in sein Körbchen trollte, dann folge sie Lore.

Das Feuer, das sie in der Früh im Küchenofen gemacht hatte, war heruntergebrannt, doch es war noch genügend Glut da, um es wieder anzufachen. Sie legte einige Buchenscheite nach und kurz darauf flammte es wieder auf. Inzwischen kochte auch das Teewasser. Lore tat ein paar getrocknete Salbeiblätter in die Tassen und übergoss sie. Ein würziger Duft breitete sich aus, der Mariella an ihre Kindheit erinnerte. So hatte es schon bei den Eltern und bei den Großeltern gerochen, wenn sie in die Küche gekommen war, um nach einem schnellen Frühstück in die Schule zu gehen.

»Ich fahre nachher zu Antonio«, sagte Lore.

»Dein Umzug...bist du sicher, dass es die richtige Entscheidung ist? Ihr kennt euch doch erst ein paar Monate.«

»Fast zwei Jahre«, berichtigte Lore. »Und ja, ich bin mir sicher. Warum auch nicht? Antonio ist süß.«

»Du meinst großzügig.« Eine Anspielung auf Lores Leidenschaft für sündhaft teure Klamotten, die sie sich nicht leisten konnte und die deshalb Antonio bezahlen musste.

»Sogar du musst zugeben, dass er fantastisch aussieht. Fast genauso gut wie dieser Polizist letztes Jahr: Wie hieß der nochmal? Kutter?«

»Hütter.« Veit Hütter hatte eine wesentliche Rolle bei der Aufklärung des Mordes an Klara Zein gespielt. Wie sie selbst auch. Dabei waren sie sich nähergekommen, allerdings hatte sie seitdem nichts mehr von ihm gehört. Bestimmt dachte er längst nicht mehr an sie.

»Der hatte so einen niedlichen Dialekt.« Lore ging zum Fenster.

»Fränkisch«, erklärte Mariella. »Aber...«

»Siehst du, der Oshold lebt noch«, fiel Lore ihr ins Wort.

Mariella runzelte die Stirn. Unwillig schüttelte sie den Kopf. Mit dem Tod scherzen – das sah der Freundin ähnlich. Aber es stimmte. Aus Osholds Schornstein kräuselte sich eine dunkle Rauchsäule in den Himmel.

Der Klingelton riss Polizeikommissar Veit Hütter aus dem Tiefschlaf. Er tastete nach dem Handy, das auf dem Nachttisch lag. »Ja?«

»Na endlich«, hörte er Bruno Siebel murmeln.

»Was gibt's?« Hütter schaute auf den Wecker. Es war fünf Minuten vor halb fünf.

»Wir haben einen Leichenfund an der 183 A, direkt neben der Landstraße am Abzweig nach Laue zwischen Delitzsch und Bad Düben. Die Kollegen von der Bereitschaftspolizei sind vor Ort.«

»Ich komme.« Hütter sprang aus dem Bett und eilte ins Badezimmer. Keine zehn Minuten später trat er aus dem Haus. Der andauernde Schneefall hatte die Straßen in weiße Schluchten verwandelt und jeden Häuserblock in eine einsame Burg. Eilig ließ Hütter seinen Wagen an und wechselte vom Parkstreifen auf die Fahrbahn, wo er kräftig auf das Gaspedal drückte, so dass das Heck schlingerte, doch es gelang ihm mühelos, den Wagen zurück in die Spur zu bringen.

Das Licht der Straßenbeleuchtung malte helle Flecken auf den Schnee und wies ihm den Weg durch das Weiß. Die Laternen waren Inseln der Wärme. Ein beruhigender Anblick für Menschen, die wie er auf dem Weg zur Arbeit waren, nur dass sein Job alles andere als beruhigend war.

Vor seinem ersten Einsatz bei der Aufklärung eines Gewaltverbrechens hatte er Diebstähle und andere Eigentumsdelikte bearbeitet, nur um so schnell wie möglich vom Polizeirevier Delitzsch zur Polizeidirektion Leipzig zu wechseln. Für ihn hatte sich damit ein Traum verwirklicht. Seitdem war er bei mehreren Mordkommissionen dabei gewesen und hatte viele Erfahrungen gesammelt. Nicht jede davon war schön gewesen, und noch immer sah er jeden Fall als eine ganz persönliche Herausforderung. Das würde auch dieses Mal so sein.

Der Ortseingang von Torgau kam in Sicht, und kurz darauf hatte er den Husarenpark erreicht. Sitz der Außenstelle der Polizeidirektion Leipzig, zuständig für den gesamten nordsächsischen Raum.

Hütter stellte den Wagen auf einem freien Platz ab und eilte mit langen Schritten ins Haus.

Er und Wachtmeister Bruno Siebel teilten sich einen Büroraum, das war eine der Bedingungen gewesen, unter denen Siebel zugestimmt hatte, mit ihm von Delitzsch nach Torgau zu wechseln.

Siebel hatte bereits alles eingepackt, was sie brauchten: Schutzausrüstung, Taschenlampen und die Computertechnik, mit der sie außerhalb der Dienststelle arbeiten konnten. Er rieb seinen spitzen Bauch. Wahrscheinlich hatte er wieder einmal Magenschmerzen.

»Was wissen wir?«, fragte Hütter, während sie zum Einsatzwagen liefen.

»Die Leiche ist männlich, ein Busfahrer hat sie entdeckt. Franker, so heißt der Mann. Kollegen vor Ort kümmern sich um ihn. Der Erkennungsdienst ist schon unterwegs, und ich habe Grump informiert.«

Mit Grump hatte Hütter schon bei anderen Tötungsfällen zusammengearbeitet. Es war eher unwahrscheinlich, dass sich der Herr Staatsanwalt am Fundort einfinden würde. »Was ist mit Tom Krammel? Oder Luis Matula?«

»Beide krank.«

Die Bundesstraße war wie leergefegt. Schneeflocken verwandelten die Gegend in eine Winterlandschaft und ließen sie verwunschen wirken. Weidenhain, Pressel und Wellaune flogen vorbei. Am Ortseingang von Reibitz sah Hütter das kaltblaue Licht der Warnleuchten durch die Dunkelheit zucken, und er steuerte den Wagen an den Straßenrand.

Kaum ausgestiegen, sah er sich um. Vor einem Baum hinter der Böschung war ein großes Zelt aufgebaut. Er gab Bruno Siebel ein Zeichen, dass der sich von den Kollegen ins Bild setzen lassen sollte und streifte sich dann den weißen Ganzkörperanzug sowie hauchdünne Vinylhandschuhe über. Dann kämpfte er sich durch den eisigen Wind zu dem Zelt.

»Ist der Busfahrer noch hier?«, fragte er den Polizisten, der neben einem Mann in rotgelber Rettungsdienstkleidung vor dem Eingang stand.

Der Polizist nickte. »Steht ein bisschen neben sich, aber ein Kollege kümmert sich um ihn. Wenn Sie wollen, bringe ich Sie zu ihm.«

»Erst schaue ich mir die Leiche an.«

»Liegt drin.« Der Polizist zeigte auf das Zelt. »Wir haben Lage und Fundort fotografiert, dazu alles, was sich im unmittelbaren Umfeld befindet. Aber in dem Schnee ist nicht viel zu sehen.«

Hütter musterte die Fußabdrücke rundumher.

»Die sind von dem Busfahrer, der den Toten gefunden hat, ein paar auch von den Kollegen der Spurensicherung«, erklärte der Polizeibeamte schnell. »Nur im Zelt, da...«

Der Mann im Rettungsanzug hatte wohl zugehört. Er rückte näher und räusperte sich. »Ich bin Doktor Grünaus, diese Nacht der diensthabende Arzt. Ich habe den Tod des Mannes festgestellt, und zwar anhand der deutlich sichtbaren Totenflecke an seinen Ohren. Angefasst habe ich ihn nicht. Den Totenschein schicke ich Ihnen zu. Und jetzt verschwinde ich, wenn Sie gestatten, sonst hole ich mir noch eine Erkältung.« Er hauchte in die Hände.

Hütter nickte ihm zum Abschied dankend zu, schlug die Eingangsplane des Zeltes zurück und trat ins Innere. Das Licht der mobilen Leuchten, die an den Seiten aufgestellt waren, blendete ihn, und es dauerte etwas, bis sich seine Augen an die Helligkeit gewöhnt hatten. Er war froh, dass der Wind nur noch schwach zu spüren war, der Boden jedoch war auch hier vom Schnee bedeckt. Inmitten der weißen Fläche lag ein Mann, zusammengerollt wie ein Embryo. Hütter wälzte ihn auf den Rücken und zog scharf die Luft ein.

Das zerstörte Gesicht des Toten glich einem Krater. Das Jochbein war gebrochen, die Wangen verschwunden, so dass Ober- und Unterkiefer zu sehen waren. Auch die Kehle war aufgerissen. Hütter konnte die Luftröhre erkennen.

Er beugte sich tiefer über den Mann, und ein dumpfer Geruch stieg ihm in die Nase. Kalter Rauch. Ein Zeichen, dass die Kleidung versengt sein musste. Behutsam schälte er den Toten aus Jacke und Shirt. Beim Anblick der nackten Arme schnappte er erneut nach Luft. Stichverletzungen reihten sich aneinander, dazu gab es mehrere Stellen, die aussahen, als hätte jemand den Mann gehäutet. Keine der Wunden war groß oder tief, doch diese Menge…Was, um Himmels Willen, war dem Mann widerfahren?

Nicht nur an den Armen, auch auf der Brust fand Hütter Brandspuren sowie Hämatome. Um jede Körperregion in Augenschein zu nehmen, drehte er den Toten auf den Bauch. Wie schon an den Ohrläppchen entdeckte er auf dem Rücken dunkelrote Totenflecke. Hütter drückte leicht darauf, und als er den Griff löste, blieb ein heller Abdruck zurück. Demnach war der Mann sechs oder vielleicht acht Stunden tot. Er betastete den Kiefer, und da er sich bewegen ließ, korrigierte er seine Schätzung. Zwei Stunden, länger kaum.

Nach der Leiche nahm er sich deren Kleidung vor, aber die brachte nichts zu Tage. Keinen Ausweis, keinen Führerschein, kein Handy. Nichts.

Siebel tauchte im Zelt auf. »Mein Gott, der sieht ja übel aus.«

»Bleib weg, Bruno, ich mache das schon. Sorge

du dafür, dass der Tote in die Rechtsmedizin gebracht wird.«

Schnell wie der Blitz verschwand Siebel aus dem Zelt. Hütter hörte ihn draußen telefonieren. Worte wie *Transport* und *Obermayr* drangen an sein Ohr. Da es für ihn hier vorerst nichts mehr zu tun gab, folgte er Siebel, der schon auf dem Weg zum Wagen war. Im Auto streifte er die Vinylhandschuhe ab und rubbelte seine eiskalten Finger warm. Er schaute zu Siebel, der auf dem Beifahrersitz saß, ganz weiß im Gesicht. »Kein schöner Anblick, der Tote.«

»Ich habe sowas Ähnliches schon mal gesehen, aber daran gewöhnt man sich eben nie.« Siebel presste die Hände auf den Bauch. »Der sieht aus, als hätte ihn jemand überfahren.«

Hütter schaute in Richtung der Kollegen vom Erkennungsdienst, die immer noch dabei waren, in weiten Kreisen das Umfeld absuchten. Auch sie trugen Schutzanzüge. Weiße Gestalten in einer weißen Umgebung, umweht vom Schnee, der nach wie vor auf die Erde fiel. Es hätte eine Polarexpedition sein können, doch leider war sie alles andere als das. Das Klicken von Kameras hallte herüber. »Ich habe sie gebeten, nach Stichwerkzeugen Ausschau zu halten«, sagte er zu Siebel. »Wenn der Mann überfahren wurde, wie du meinst, entdecken sie vielleicht ein paar Lackpartikel. Dann wissen wir wenigstens etwas über das Unfallauto. Fabrikat oder Farbe zum Beispiel. Falls es überhaupt stimmt.«

»Falls was stimmt?«

»Dass er überfahren wurde, Bruno.«

Hin und wieder bückte sich einer der Kriminaltechniker und hob etwas auf.

»So, wie der zugerichtet ist, muss er geblutet haben wie ein Schwein«, murmelte Siebel.

Klar konnten manchmal Blutspuren mithilfe von angefeuchteten Wattestäbchen vom Straßenbelag gelöst werden, bei dem Schneefall jedoch waren sie längst weg. Da war sich Hütter sicher.

Ein Streifenpolizist klopfte an die Autoscheibe. Neben ihm stand ein übergewichtiger Mann mit Vollbart und Glatze.

Hütter öffnete die Beifahrertür und stieg aus. »Was gibt's?«

»Das ist Bert Franker, der Busfahrer«, sagte der Polizist. »Sie wollen bestimmt mit ihm reden.«

Franker trat von einem Fuß auf den anderen, zog am Zipper seiner Daunenjacke. Seine Hände zitterten.

Hütter dirigierte ihn schnell auf den Rücksitz des Wagens und schob sich neben ihn. »Mein Kollege wird Ihre Angaben protokollieren.« Er tippte Siebel, der schon den Laptop geöffnet hatte, auf die Schulter. Der nahm die Daten des Busfahrers auf: Bert Horst Franker, geboren am 06.09.1982 in Grimma, wohnhaft Bahnhofstraße in Delitzsch.

»Man hat mir gesagt, dass Sie es waren, der den Toten gefunden hat, Herr Franker«, begann Hütter. »Wie ist es dazu gekommen? Was genau ist passiert?«

»Was passiert ist?« Franker hob die Schultern. »Ich habe ihn bloß da draußen liegen sehen.« Er zeigte in die Dunkelheit hinter sich. »Dort, hinter dem Hügel, geht es nach Delitzsch. Von da bin ich gekommen, rüber über den Hügel und rein in die Kurve. Das ist so eine langgezogene, die führt nach Reibitz und weiter nach Sabnitz. Dort steht der Baum.« Franker nickte in Richtung einer ausladenden Eiche, deren kahle Äste jetzt im Winter wie Knochen in die Höhe ragten.

Hütter hob die Brauen. »Sabnitz? Was wollten Sie dort?«

»Ist meine Tour, das Dorf liegt auf der Strecke. Ich musste pinkeln, also bin ich runter vom Gas und rechts ran. Mein Bus war ja leer, hat keinen gestört. Ich raus und zu dem Baum hin, und da habe ich das Bündel liegen gesehen. Erst habe ich gedacht, es ist ein Stück Wild. Blöd, dass die Äcker brachliegen. Zieht die Viecher an. Rehe und so. Hätte doch sein können, dass da eins lag, oder? War es aber nicht, es war ein Mensch. Ein Mann.« Franker schluckte. »Ich habe ihn nicht angefasst.«

»Kannten Sie ihn?«

»Woher denn?«

»Haben Sie sonst noch jemanden gesehen oder irgendetwas Ungewöhnliches bemerkt?«

»Was Ungewöhnliches?«

»Personen, Autos. Jemanden, der wegrennt.«

»Nee. Ich habe sofort die 112 angerufen und die Unfallstelle gesichert. Warnkreuz aufgestellt und so.« Franker rang die Hände. »Ich bin diese Tour schon fast zwanzigmal gefahren. Um die Zeit ist die Straße immer leer, und hätte ich nicht pinkeln müssen, hätte ich nichts von dem Toten mitgekriegt.«

Hütter lockerte den viel zu engen Rollkragen seines Pullovers. Der Pulli war neu, von Anfang an hatte er sich darin eingeengt gefühlt.

»War's das endlich?«, brachte sich Bert Franker in Erinnerung.

Wieder tippte Hütter Siebel auf die Schulter.

Der drehte sich zu ihm um. »Ich habe alles. Fehlt nur noch die Unterschrift.«

»Dazu kommen Sie bitte nachher in mein Büro.« Hütter reichte Franker seine Visitenkarte.

»Nachher? Das passt mir gar nicht, ich muss schlafen, habe die Nachtschicht, Sie verstehen?«

Erst wollte Hütter einwenden, dass es hier um mehr ginge als darum, sich auszuruhen, doch nach einem Blick in die geröteten Augen des Busfahrers lenkte er ein. »Na gut, dann morgen.«

Er stieg aus, lief um den Wagen herum und hielt Franker die Autotür auf. Inzwischen hatte es aufgehört zu schneien, dafür pfiff immer noch ein scharfer Wind und wirbelte Eiskristalle auf, die wie Nadeln in die Haut stachen.

Obwohl es noch nicht einmal um sieben war, herrschte im Delitzscher Polizeirevier bereits das übliche morgendliche Treiben. Der Geruch nach frisch gekochtem Kaffee wehte durch die Gänge, Vorbereitung für den Arbeitstag.

Hütter suchte als erstes Manfred Trumm auf. Es war schon ein paar Monate her, dass er mit dem Leiter des Kommissariats gesprochen hatte. Das war, bevor er ins K1 nach Torgau gegangen war. Schon damals hatten auf dem Aktenschrank in Trumms Büro mehrere Flaschen verschiedener Weingüter aus Sachsen gestanden, aufwendig verpackt als Präsente. Inzwischen lag eine noch dickere Staubschicht darauf, unter der die bunten Etiketten blass und verwaschen aussahen.

Hütter riss sich von dem Anblick los und setzte sich auf einen Stuhl, die vor Trumms Schreibtisch stand. Er war genauso unbequem, wie er aussah.

Manfred Trumm verschränkte seine sehnigen

Hände. »Natürlich weiß ich über den Leichenfund Bescheid, aber ich kenne noch keine Einzel-
heiten. Berichten Sie, Hütter.«

In knappen Worten fasste Hütter zusammen,
was er am Fundort des Toten festgestellt hatte.
»Der Tote ist übel zugerichtet. Siebel denkt, es
könnte ein Autounfall gewesen sein, aber da sind
die Wunden, mit denen der Mann übersät ist. Die
Muskulatur war noch weich, demnach kann er
noch nicht lange tot gewesen sein. Keine zwei
Stunden, schätze ich. Die Todesursache muss die
Obduktion ergeben«, endete er.

Trumm griff zum Telefon.

Während er telefonierte, starrte Hütter auf die
Weinverpackungen. Als Trumm den Hörer auf
die Gabel donnerte, zuckte er zusammen.

»Staatsanwalt müsste man sein«, murrte
Trumm. »Wenn Sie Glück haben, finden Sie
Grump in seinem Leipziger Büro, allerdings nicht
vor neun.«

Hütter war das Vorgehen bekannt. Keine An-
ordnung - keine Obduktion. Die Staatsanwaltschaft bestimmte, wo es langging. Die Kripo war
nur ihr verlängerter Arm. »Da ist noch etwas«,
sagte er. »Abgesehen von dem Busfahrer gibt es
bislang nichts, wo wir ansetzen können. Dieser
Fall stinkt nach umfangreichen Ermittlungen.«

»Was macht eigentlich Breitmann?«

Norbert Breitmann war der Chef des Kommissariats 1. Hütter hatte ihn im vergangenen Jahr
kennengelernt, im Zuge der Aufklärung eines
anderen Falls. Daraufhin hatte Breitmann ihn zur
Kriminalpolizei geholt.

»Er ist zur Kur.«

»Schön für ihn. Ich hingegen muss sehen, wie

ich den Betrieb aufrechterhalte. Was ich damit sagen will, ist folgendes: Sie werden vermutlich der Kopf in diesem Fall sein, und bevor Sie fragen: ich kann keinen Mann für Sie abstellen. Wir sind nicht einmal zur Hälfte besetzt.«

Das sah in Torgau nicht anders aus. Die verdammte Grippe hatte ganz Sachsen im Griff.

Obwohl es erst kurz nach halb vier war, schloss Mariella Rabner die Apotheke ab. Wieder einmal hatte sie außer ein paar Packungen Paracetamol und Aspirin nichts verkauft, und es war nicht zu erwarten, dass sich daran etwas ändern würde. Statt bis achtzehn Uhr auszuharren, konnte sie ebenso gut schon jetzt Feierabend machen. Das sparte wenigstens die Heizkosten. Noch konnte sie auf ihre Rücklagen zurückgreifen, doch lange würden die nicht mehr reichen, und sobald Lore ausgezogen war, würde auch noch die Mieteinnahme fehlen.

Lore empfing sie in der Küche. Bei Mariellas Anblick sprang sie auf. »Du wirst nicht glauben, was ich heute gehört habe.«

»Später, Lore. Lass uns erst einmal einen Tee trinken.«

»Ein Obstbrand wäre besser. Oder Wein? Wir haben noch einen Rest Chianti.« Den hatte Lore im Herbst aus Palermo mitgebracht.

»Was würde wohl Antonio dazu sagen, dass du schon am Nachmittag zur Flasche greifst«, versuchte Mariella einen Scherz, obwohl ihr eher nach Heulen zumute war.

»Wir Italiener haben damit kein Problem, Toni ist da keine Ausnahme.« Lore holte den Rotwein aus dem Schrank und füllte zwei hohe Gläser.

»Salute.«

Mariella leerte ihr Glas in einem Zug.

»Du hast ja einen mächtigen Schluck drauf.« Lore schmunzelte.

»Wenigstens mache ich mir jetzt nicht mehr so viele Sorgen.«

»War es so schlimm im Geschäft?«

»Kaum Kunden, kaum Umsatz. Wie würdest du die Lage bezeichnen?«

»Schlimm, natürlich«, nickte Lore. »Wenn alle Stricke reißen, könntest du vielleicht bei meinem Vater einsteigen.«

Eis herstellen? Kaffee und Kuchen servieren? Mariella schüttelte sich.

»Danke für den Tipp, aber im Moment komme ich noch klar. Irgendwie.« Sie schaute sich um. Die Küche war in heilloser Unordnung. Auf der Arbeitsplatte lagen achtlos Tannenzweige auf einem Haufen, daneben eine schmale Spule Gartendraht und Kieferzapfen. Anscheinend wollte Lore einen Kranz binden, hatte aber wohl beschlossen, es aufzuschieben, denn die Klappe des Backofens war ein Stück geöffnet, und in der Spüle stapelte sich das Geschirr, Juans Futternapf mittendrin.

Mariella stand auf und wusch ihn aus. Dann füllte sie Trockenfutter hinein und stellte ihn neben Juans Körbchen auf den Boden.

»Ich habe gekocht«, ließ sich Lore vernehmen. »Eisbein und Sauerkraut mit Kartoffelklößen, aber das Kraut wollte einfach nicht gar werden. Dafür sind die Klöße zerfallen, und als wäre das nicht genug, ist auch noch das dumme Fleisch angebrannt. Dabei sollte es eine Überraschung für dich werden. Aber keine Angst, ich räume auf.«

»Gute Idee.« Mariella schenkte sich den Rest aus der Flasche ein. »Du hast vorhin Neuigkeiten angedeutet. Um was geht's denn?«

»Mein Gott, das hätte ich fast vergessen. Es gibt einen Toten.«

»In Sabnitz?«

Lore hob die Schultern. »Er wurde auf der Landstraße gefunden, in der Früh.«

Verkehrsunfälle kamen immer mal vor, erst recht bei dem eisigen Wetter. In erster Linie taten Mariella die Hinterbliebenen leid.

»Du weißt doch, welcher Tag heute ist, oder?«, fragte Lore.

Marielle warf einen schnellen Blick auf den Kalender, der neben der Tür an der Wand hing. »Dienstag«, antwortete sie.

»Genau, und wie jeden Dienstag bin ich auch heute ganz zeitig losgefahren. Zum Schwimmen ins Heide-Spa. Ich war noch keine fünf Kilometer aus Sabnitz raus, da musste ich stoppen. Auf und neben der Straße hat es nur so von Polizisten gewimmelt. Die meisten hatten diese Overalls an, wie die SOKO-Leute in Fernsehkrimis, wenn es um einen Tatort geht. Klar, dass ich wissen wollte, was da los war.« Lore beugte sich über den Tisch. »Es war wegen der Leiche.«

Mariella runzelte die Stirn. »Mein Gott, Lore, haben das die Polizisten wirklich zu dir gesagt?«

»Nö, mussten sie nicht. Ich habe gehört, was einer über die Straße gerufen hat. *Der Mann ist tot, anscheinend ermordet.* Das hat er gerufen.«

Zwei

Veit Hütter trat durch das Eingangsportal des Leipziger Rechtsmedizinischen Institutes. Immer zwei Stufen auf einmal nehmend eilte er in den ersten Stock. Vor Obermayrs Büro hielt er inne, um seinen nach oben gerutschten Jackenbund zu richten. Ein kurzes Klopfen, und er trat ein.

Dr. Fabius Obermayr saß an seinem Monstrum von Schreibtisch, der wie immer mit Akten und Papieren übersät war. Bei Hütters Anblick stand Obermayr auf und strich flüchtig über seinen zerzausten Schopf. »Was für ein schöner Tag, Herr Oberwachtmeister.«

»Inzwischen bin ich Polizeikommissar.«

Sie gaben sich die Hände.

»Meinen Glückwunsch«, sagte Obermayr »Ich habe mich schon gefragt, wen Grump diesmal schicken würde.«

»Jetzt wissen Sie es ja.«

»Lassen Sie uns gleich hoch in den Sektionssaal gehen. Unsere Kriminalbiologin hat schon alles vorbereitet. Na, angesichts ihrer Spezialisierung sollte ich sie besser als Entomologin bezeichnen, ja?«

Der Sektionssaal befand sich eine Etage höher. Während Obermayr sofort in seinem Element zu sein schien, spürte Veit Hütter beim Anblick der Tische und Schränke aus Edelstahl einen Hauch von Kälte. Aber vielleicht war daran auch der Leichnam schuld, die gerade von Marie Simon fotografiert wurde. Zwischen zwei Fotos schaute Simon flüchtig auf. »Hallo Hütter.«

Während sie hantierte, betrachtete er sie verstohlen. Die blaue OP-Kleidung lag eng an ihrem

Körper und brachte ihre weiblichen Rundungen mehr zur Geltung als sonst. Entweder war ihre Kleidungsgröße nicht vorrätig gewesen, oder sie hatte in letzter Zeit zugenommen. Es stand ihr, wie er fand.

»Fertig, das war's.« Simon schob eine Strähne ihrer feuerroten Haare unter die blaue Haube zurück.

Hütter wies mit dem Kinn in Richtung des Toten. »Was meinen Sie zu dem Ganzen?«

»Mein erster Eindruck? Verletzungen dieser Art sind typisch, wenn jemand unter einen LKW gerät und dann über eine gewisse Strecke mitgeschleift wird.«

»Müsste das der Fahrer nicht mitkriegen?«

»Nicht unbedingt, denn nicht immer kommt ein Körper tatsächlich unter die Räder. Wenn er sich direkt zwischen den Radkästen befindet, müssen ihn die Reifen nicht einmal streifen. In diesem Fall wird er nicht berührt und erst recht nicht überrollt. Also gibt es keine Erschütterung des Autos, die der Fahrer bemerken könnte. So wie bei dieser Leiche.«

Hütter runzelte die Stirn. »Was macht Sie da so sicher?«

»Ich habe an dem Mann keine Profilabdrücke entdeckt, dafür aber Schmutz- und Ölspuren, vor allem auf dem Rücken. Das spricht dafür, dass sich der Körper irgendwo am Unterboden des Lasters verhakt hat.«

»Warum ein Laster? Er hätte auch von einem PKW angefahren sein können.«

»Die Verletzungen sprechen dagegen. Bei einer Kollision mit einem PKW prallt der Körper erst einmal auf der Motorhaube auf. Meistens trifft der Kopf auf die Windschutzscheibe. Durch den Knall erschrickt jeder Fahrer und tritt sofort auf die Bremse. Das Unfallopfer wird zurück auf die Straße geschleudert.«

»Bei einem LKW jedoch ist das anders. Durch den hohen Radstand und die höhere Stoßstange landet das Opfer unter dem Fahrzeug«, ergänzte Obermayr.

Hütter dachte an die zahlreichen Hämatome am Körper des Toten.

»Zurück zu den Ölspuren.« Simon rückte ihre Brille zurecht. »Sie sind auf dem Rücken des Mannes, somit muss er auf dem Bauch gelegen haben, als er mitgeschleift wurde. Entweder war er zu diesem Zeitpunkt bewusstlos, oder er hat sich nicht mehr bewegen können.«

»Oder er war schon tot«, murmelte Hütter.

Obermayr nickte. »Nach der Obduktion sind wir schlauer. Beginnen wir.«

Simon schaltete das Aufnahmegerät ein und reichte ihm eine Lupe.

Im weißen Licht des Obduktionssaals sah der Tote größer aus als in dem Zelt, in dem Hütter ihn untersucht hatte. Aber da hatte er auch nicht ausgestreckt auf einem Edelstahltisch gelegen.

Fabian Obermayr begann mit der äußeren Inaugenscheinnahme und konstatierte mit ruhiger Stimme: »Schädel partiell fehlend, die Knochen freiliegend, am Kopf keine Schnittwunden sichtbar. Dreizehn Stiche in die Muskulatur der Arme, sechs in den linken und sieben in den rechten. Keiner davon tödlich. Blaue Flecken auf den Wundrändern fehlen. Herzfunktion und Blutkreislauf waren zum Zeitpunkt des Mitschleifens nicht mehr aktiv.«

Wie Veit Hütter vermutet hatte, war der Mann also tatsächlich schon tot gewesen, als er unter den LKW geraten war.

»Kommen wir nun zur Öffnung des Körpers«, unterbrach Simon seine Gedanken, während Obermayr schon dabei war, mit einem Ypislonschnitt die Bauchdecke zu öffnen und das Innere freizulegen. Wie sich herausstellte, befand sich in den Atemwegen kein Blut und auch Abgase oder Schmutzpartikeln in Luftröhre und Bronchien fehlten. Um den Grund für drei Hämatome am Hinterkopf festzustellen, untersuchte Obermayr den Schädel und stieß dabei auf drei lochartige Frakturen, ebenfalls zwei Zentimeter groß. Das darunterliegende Hirngewebe war verletzt und wies kräftige dunkle Einblutungen auf.

»Spuren von Schlägen mit einem sehr harten Gegenstand, einem Knüppel möglicherweise«, sagte er schließlich und legte die Instrumente in eine Schale. »Wie es aussieht, wurde das Opfer gefoltert und letztendlich erschlagen.«

In Hütters Magen rumorte es. Das Ergebnis der Obduktion deutete darauf hin, dass der Täter sein Opfer auf die Landstraße geschleppt hatte, damit es zusätzlich überfahren wurde. Warum aber dieser Aufwand? Um die Spuren der Tat zu beseitigen oder wenigstens zu verschleiern? Und wie stark musste jemand sein, dass er einen toten Menschen durch die Gegend tragen konnte? Von der Gefahr, dabei überrascht zu werden, ganz zu schweigen.

In der Zwischenzeit hatte Marie Simon einige Proben vom Körpergewebe entnommen, die sie nun in gläserne Röhrchen verstaute. »Vielleicht kann ich den Todeszeitpunkt eingrenzen.« Ihr

Spezialgebiet waren Insekten, die sich auf jeder Leiche ansiedelten und mit deren Hilfe sie Fundort und Lagedauer bestimmen konnte.

Hütter bezweifelte, dass sie in diesem Fall fündig wurde. »Da werden Sie kein Glück haben. In dem ganzen Schnee gibt es keine Käfer und Fliegen.«

»Sie würden sich wundern, wieviel Leben bei extremen Temperaturen noch existiert. Fliegenmaden beispielsweise sind überaus widerstandsfähig. Und vergessen Sie nicht, dass dieser Mann nicht am Fundort getötet wurde. Wenn es an dem Tötungsort Insekten gab, werde ich sie finden.«

Sie zog die OP-Haube vom Kopf und reckte ihr kantiges Kinn.

Im Büro wurde Veit Hütter von Bruno Siebel mit einem Kaffee erwartet. Neben dem Wachtmeister saß Tom Krammel, wie gewöhnlich selbst bei der größten Kälte in ein kurzärmliges Shirt gekleidet, das seine Oberarmmuskeln kaum fassen konnte. Seit Hütter ihn vor zwei Monaten zuletzt gesehen hatte, schien Krammels Glatze größer geworden zu sein und sein Vollbart länger. Bevor sie ein Wort wechseln konnten, meldete sich Krammels Handy, doch er ließ es klingeln.

Hütter zog die Augenbrauen hoch. Er erinnerte sich, dass Krammel auf Schlager und Popmusik stand. »Immer noch *Over the Rainbow?*«

Krammel grinste. »Gibt nichts besseres.«

»Warum bist du hier, Tom? Ich dachte, du bist bis morgen krankgeschrieben.«

»Der Krankenschein kann mich mal. Ich fühle mich fit.«

»Also dann, willkommen an Bord.« Hütter war

viel zu froh, Krammel dabei zu haben, als dass er ihn nach Hause schicken wollte.

»Bruno sagt, es gab einen Tötungsfall. Worum geht es?«, kam Krammel gleich zur Sache.

»Ich war gerade bei der Obduktion. Männliche Leiche, Identität unbekannt. Wenigstens steht die Todesursache fest: drei Löcher im Kopf.«

»Das könnte zu einem Totschläger passen. Gibt es Zeugen? Verdächtige?«

»Nichts dergleichen. Ein Bert Franker hat den Toten gefunden. Er ist Busfahrer. Dick, Glatze, Vollbart – Franker könnte dein Zwilling sein.«

»Ich bin Einzelkind«, brummte Krammel.

Hütter schaute in Siebels Richtung. »Haben wir eine Vermisstenmeldung, die auf den Toten passen könnte.«

Siebel schüttelte den Kopf. »Fehlanzeige.«

»Na prima«, sagte Krammel. »Wie ich es liebe, im Trüben zu fischen. Es wäre ja auch zu schön gewesen, zur Abwechslung mal einen einfachen Fall zu haben. Einen netten Mord mit einer netten Aufklärung.«

»Obermayr gibt uns ein Foto vom Zahnstatus des Toten. Vielleicht erkennt einer der Zahnärzte in der Umgebung seinen Patienten.«

»Was ist mit der DNA? Oder mit den Fingerabdrücken?«

»Nicht registriert«, sagte Siebel.

Hütter hatte seinen Kaffee ausgetrunken und stellte die Tasse auf dem Fensterbrett ab. Über die Schulter hinweg sagte er: »Laut Obermayr wurde der Mann nicht überfahren, aber er muss Kontakt mit einem LKW gehabt haben. Es sieht aus, als hätte er sich am Unterboden verhakt und wurde ein Stück mitgeschleift.«

»Sowas hinterlässt am Fahrzeug Spuren. Gibt es Anhaltspunkte zum Typ und Farbe oder so?«, fragte Krammel.

»Die Spusi ist noch mit der Auswertung beschäftigt. Finden wir das Fahrzeug, haben wir auch den Fahrer.«

»Und der bringt uns möglicherweise ein Stück weiter.« Krammel erhob sich von seinem Stuhl und ließ die Schultern kreisen. »Bis uns weitere Ergebnisse vorliegen, sollten wir das Umfeld des Busfahrers unter die Lupe nehmen.«

Hütter versprach sich nichts davon, doch bis jetzt war Bert Franker der einzige Anhaltspunkt, den sie hatten.

Nach eigenen Angaben hatte Franker die Tage vor dem Leichenfund bei seiner Freundin in Bad Düben verbracht. Hütter ließ sich die Adresse geben.

Dorothea Zickler wohnte in einer Reihenhaussiedlung am Rande der Kurstadt. In den engen Straßen reihten sich Kleinwagen Stoßstange an Stoßstange, so dass er keinen Parkplatz fand und bis zum Rand des Kurparks fahren musste. Die schneebedeckten Bäume und Sträucher wirkten wie weiße Statuen, und auch auf dem Rändern der Wege, die in den Park führten, türmten sich langgezogene Häufchen. Außer in der Mitte, dort war der Schnee breitgetreten von Menschen, die forsch ausschritten. In den Händen hielten sie Stöcke, mit denen sie sich beim Gehen vom Boden abstießen.

»Das habe ich auch mal gemacht.« Krammel nickte in die Richtung, in der die Gruppe hinter einer Hecke verschwand.

»Du und Seniorensport?«

»Walking kann ganz schön anstrengend sein, aber Kraftsport ist besser. Außerdem...«

Hütter konnte sich denken, was Tom Krammel sagen wollte. Bei einem Mann seiner Größe und Statur sahen Walkingstöcke wie Kinderspielzeug aus.

Nebelschwaden waberten aus dem Park heran, und Hütter wandte sich ab und suchte das Haus, in dem Frankers Freundin wohnte. Es befand sich nur zwei Ecken weiter. An der Tür prangte ein Namensschild aus gebranntem Ton, das am Rand mit bunten Blumen und Schmetterlingen verziert war. Es sah aus wie selbstgemacht, was es wohl auch war, denn daneben hing ein zweites Schild mit der Aufschrift *Töpferei*.

Er klingelte. Nichts rührte sich. Auch nach dem zweiten Klingeln blieb alles ruhig, und er wollte sich schon zum Gehen wenden, da wurde die Tür aufgerissen.

»Ja?« Dorothea Zickler war um die Fünfzig, und das sah man ihr auch an. Ihre Haare waren von grauen Strähnen durchzogen, und Falten um die Augen zeugten davon, dass sie gern lachte. Nur jetzt nicht, denn sie hatte die Stirn gerunzelt, als wäre sie über die Störung ungehalten.

Hütter stellte sich und Krammel vor.

Zickler bat sie herein und führte sie in die Küche, die offensichtlich gern und viel genutzt wurde. Wohin Hütter auch schaute, überall lagen Zeitungen und Journale herum. Auf einem Stuhl thronte ein riesiger Klumpen Ton. Es roch nach angebrannter Milch. Die Frau schien viele Talente zu habe, aber eine effiziente Haushaltführung gehörte ganz sicher nicht dazu.

Mit einem Handgriff räumte sie eine Sitzbank frei, die Hütter unter dem ganzen Durcheinander gar nicht gesehen hatte. »Sie müssen doch nicht so herumstehen.« Sie lächelte und zwirbelte ihre langen Haare im Nacken zu einem dicken Zopf zusammen. Augenblicklich wirkte sie um Jahre jünger.

»Es stimmt, Berti war von Montag bis gestern bei mir«, antwortete sie auf Hütters Nachfrage, ob sie die Zeitangaben des Busfahrers bestätigen könne. »Er kam viertel neun, und gestern in der Früh ist er wieder gefahren. Zu seinem Dienst, das muss gegen halb vier gewesen sein. Ich war noch im Bett, aber ich habe den Wecker gehört. Ist ihm etwas passiert? Berti hat doch nichts angestellt, oder?«

»Unsere Erkundigungen sind reine Routine.« Mehr wollte Hütter ihr zu dem Fall nicht sagen. »Wissen Sie, mit wem Herr Franker sonst noch verkehrt?«

»Sie meinen, ob er Freunde hat? Oder Bekannte? Nein, da ist niemand, abgesehen von seiner Ex natürlich. Eine schreckliche Frau, doch das kann er Ihnen selbst erzählen. Ich halte mich da raus. Ich weiß ohnehin nichts.«

Entweder konnte Dorothea Zickler nichts weiter darüber sagen, oder sie wollte es nicht, doch sie machte nicht den Eindruck, als hätte sie etwas zu verbergen. Hütter zumindest glaubte ihr.

Wieder auf dem Parkplatz warf er einen Blick zurück. Inzwischen hatte der Dunstschleier die ganze Siedlung erreicht und wand sich um die Häuser, deren erleuchtete Fenster anheimelnd winkten und Ruhe und Frieden verhießen. Eine Wohnsiedlung wie aus einem Bilderbuch, eine

Gegend, in der man alt werden konnte. Und dennoch hatte es keine zwanzig Kilometer entfernt einen Mord gegeben.

Die Straßen waren leer, und kaum hatten sie Bad Düben hinter sich gelassen, trat Hütter auf das Gaspedal. Der Tacho kletterte auf neunzig. Hundertzehn. Hundertdreißig.

Tom Krammel klammerte sich an den Haltegriff über der Beifahrertür. »Scheiße Veit, willst du uns umbringen?«

Hütter zuckte zusammen. Er hatte gar nicht bemerkt, wie schnell er gefahren war. Die dunklen Löcher im Gesicht des Toten gingen ihm nicht aus dem Kopf.

Als er spät in der Nacht nach Hause kam, blinkte schon wieder der Anrufbeantworter, und obwohl er eigentlich nichts lieber wollte als eine heiße Dusche und dann ab ins Bett, drückte er die Abhörtaste. Die Stimme seines Vaters füllte den Raum.

Mutter fragt nach dir, Junge, jeden Tag. Du hast ja keine Ahnung, wie schwer sie es hat. Diese Krankheit…ich will deiner Mutter helfen…du weißt ja, wie sie ist. Sie lässt sich nichts anmerken. Aber du…wenn du hier wärst…als Unterstützung…dann wär alles leichter.

Dann fing sein Vater wieder damit an, dass er jederzeit zurückkommen könne. Das ewige Lied.

Hütter seufzte und schob den Gedanken an die Eltern beiseite. Während er sich entkleidete, sah er erneut den Toten vor sich. Was mochte in dem Mann vorgegangen sein? Kurz vor seinem Tod? Er hatte Berichte gelesen von Menschen mit Nahtoderfahrungen. Es hieß, das ganze Leben liefe vor einem ab, bevor man in ein helles Licht treten würde. Und friedlich solle es sein. Angesichts der brutalen Wunden der zusammengekrümmten Leiche war das schwer zu glauben.

Im Badezimmer stopfte er seine verschmutzten Sachen in den Wäschekorb. Aus dem Spiegel über dem Waschtisch schaute ihm ein blasses, müdes Gesicht entgegen. Die Haut unter den Augen war dunkel, die Kinnpartie mit Stoppeln übersät. Es schabte, als er mit der Hand darüberstrich. Vielleicht sollte er sich einen Bart wachsen lassen wie Tom Krammel.

Als er in der Duschkabine stand, drehte er den Hahn bis zum Anschlag auf. Der Wasserstrahl traf seinen Kopf, lief über Nacken und Schultern und allmählich löste sich seine Anspannung. Die Müdigkeit hingegen blieb.

Fertig mit Duschen, trocknete er sich ab und ging nackt ins Schlafzimmer. Wieder klingelte sein Handy. Lisa. Verdammt, er hatte vergessen, dass sie sich treffen wollten. Bestimmt war sie sauer. Einen Moment lang erwog er, ihren Anruf zu ignorieren, aber dann nahm er ihn doch entgegen. »Ja?«

»Ich habe gerade an dich gedacht.«

»Lisa, ich…«

»Was hältst du vom Mojo-Club? Da gibt es heute diese Drinks, du weißt schon. Wir probieren einen oder zwei, tanzen ein bisschen, und später verführe ich dich.«

Lisa war unkompliziert, das mochte er an ihr. Ihr ging es nur um Sex, nicht um Liebe. Genau wir ihm.

»Das klingt echt gut, aber ich bin heute viel zu müde dafür.«

»Ehrlich?«

»Ehrlich.«

»Okay, dann bis demnächst irgendwann.«

Ohne seine Antwort abzuwarten, hatte Lisa die Verbindung unterbrochen. Hütter ahnte, dass sie auch ohne ihn losziehen würde, und wer weiß, ob es für ihn ein nächstes Mal geben könnte. Aber er war erwachsen und würde damit klarkommen.

In der Nacht wurde er wach. Die Zeiger seines Weckers standen auf halb vier, ihm jedoch kam es vor, als wäre er eben erst eingeschlafen. Er drehte sich auf die andere Seite und schloss die Augen.

Mutter fragt jeden Tag nach dir.

Wie immer hatte Vater diesen gewissen Tonfall gehabt; eine Mischung aus Vorwurf und Befehl. Hans-Martin Hütter war ein Mann mit Prinzipien, und dazu gehörte, dass man sich jederzeit verantwortungsvoll zu verhalten hatte. Als Jurist im Dienst der Bamberger Stadtverwaltung kam ihm dieses gewiss zugute, aber starre Prinzipien innerhalb der Familie?

Veit Hütter wälzte sich auf den Rücken zurück. Er ahnte, dass er eine Weile wach liegen würde. Nächstes Jahr wurde er dreißig, und es war wirklich Zeit, dass Vater losließ. Wie satt er seine ständige Bevormundung hatte!

Veit, befass dich mit nützlichen Dingen. Veit, behalte immer dein Ziel im Fokus. Veit, tritt in meine Fußstapfen.

Nur aus Rebellion war er Polizist geworden. Eine Berufswahl, mit der Vater nach wie vor nicht einverstanden war. Nach seiner Versetzung hatte Hütter gedacht, dass sich ihre Beziehung bessern würde, doch es verging keine Woche, in der sein

Vater nicht anrief, bloß um ihm zu sagen, dass er auch in Franken Karriere machen könne.

Der Mensch muss sich weiterentwickeln, nur so ist er erfolgreich.

Noch so ein väterliches Prinzip.

Hütter drehte sich auf die andere Seite und konzentrierte sich auf seine Atmung. Luftholen auf eins und zwei, ausatmen auf drei, vier, fünf. Nach zwanzig Minuten begann er, Schäfchen zu zählen. Das Kopfkino ließ sich damit aber nicht vertreiben.

Seit die Ärzte Krebs bei Mutter diagnostiziert hatten, war Vater verändert. Zum Besseren? Hütter knurrte. Er wusste es nicht. Vaters Leben war plötzlich auf den Kopf gestellt, er musste sich um Dinge kümmern, von denen er bis dahin keine Ahnung gehabt hatte. Um alltägliche Dinge wie einkaufen, putzen und um die Wäsche.

Mutter war viel zu oft im Krankenhaus, auch jetzt wieder, und niemand konnte sagen, ob die Behandlungen anschlugen. Was blieb, war eine kleine Hoffnung. Vielleicht war es das, worüber Vater eigentlich mit ihm reden wollte? Über Hoffnung und Mutters Erlösung?

Kurz meinte er, ihren Duft zu riechen, und unvermittelt überfiel ihn Sehnsucht nach ihr. Gleich morgen früh würde er die Telefonnachricht noch einmal abhören, und diesmal bis zum Schluss. Mit diesem Gedanken fand er doch noch Schlaf.

Der nächste Morgen kam mit böigem Wind und Kälte. Veit Hütter trat aus dem Haus und zog fröstelnd die Schultern zusammen. Sein Atem stand wie ein Wölkchen vor seinem Mund. Auf der anderen Straßenseite rollte ein Müllauto im

Schritttempo den Bordstein entlang. Auf dem Trittbrett stand ein Arbeiter, eingepackt in Wattejacke, Schal und Mütze und bereit, in Nähe der Abfalltonnen abzuspringen und sie zum Ausleeren an die Kippvorrichtung des Fahrzeugs zu klemmen. Ein Bild, wie man es jeden Dienstag beobachten konnte, also nichts Besonderes, trotzdem konnte Hütter den Blick nicht abwenden. In seinem Kopf formte sich eine Idee, und schließlich lief er hinüber.

Er musterte die großen schwarzen Reifen und den Abstand zwischen ihnen. Zwei bis zweieinhalb Meter schätzungsweise. Platz genug für einen menschlichen Körper, um dazwischen zu passen. Vielleicht sollten sie nicht nur LKWs, sondern auch andere Fahrzeuge in ihre Suche einbeziehen? Müllautos zum Beispiel?

In der Polizeidirektion fand er Tom Krammel und Bruno Siebel vor den PCs sitzend vor.

»Guten Morgen.« Hütter ließ sich auf einen Stuhl fallen.

»Ebenfalls«, sagte Siebel, ließ aber keinen Blick vom Monitor.

Krammel brummte etwas in seinen Bart, das alles Mögliche heißen konnte.

»Was treibt ihr da?«, wollte Hütter wissen und nahm sich einen Kaffee.

Bruno Siebel sah kurz auf. »Wir checken das Vermisstenverzeichnis.«

»Schon wieder?«

»Nur zur Sicherheit, dass wir nichts übersehen haben. Viel mehr bleibt uns ja gegenwärtig nicht zu tun.«

»Weiß jemand, wie es Breitmann geht?«, fragte Krammel.

»Der langweilt sich und ruft jede Woche an, um zu fragen, was bei uns anliegt.« Hütter kam ein Verdacht. »Denkst du, ich bin der falsche Mann für die Leitung der Untersuchung? Oder hättest lieber du den Hut auf?«

»Um Gottes Willen, nur das nicht. Wie kommst du darauf?«

»Weil du nach Breitmann gefragt hast. Bislang war immer er der Chef der Mordkommissionen, und du als sein engster Mitarbeiter hast schon oft mit ihm zusammengearbeitet. Wie es aussieht, hast du die meisten Erfahrungen.«

Siebel räusperte sich. »Ich habe gehört, dass Breitmanns Bein schlecht verheilt. Er ist eben nicht mehr der Jüngste, und so ein Bruch braucht seine Zeit. Warum musste er auch auf die Bretter steigen? In seinem Alter?«

Krammel winkte ab. »Der Kriminalkommissar war Landesmeister im Biathlon.«

»Das hätte ich ihm gar nicht zugetraut«, sagte Hütter.

»Der Dicke ist nicht zu unterschätzen. Der hat einiges in petto, glaubt mir.« Krammel stand auf und ging zur Tür. »Bin gleich zurück, muss nur aufs Klo.«

»Veit, für mich bist du der Beste für den Job«, sagte Siebel, kaum dass Krammel weg war.

Dankbar nickt Hütter ihm zu.

Das Telefon klingelte. Sebastian Tutzler vom Erkennungsdienst war am Apparat, und er hatte Neuigkeiten.

»Ich komme runter«, kündigte Hütter an und machte sich auf den Weg zu den Räumen, in denen Tutzler und seine Mitarbeiter mithilfe chemischer, physikalischer und biologischer Analysen potenziellen Beweismittel untersuchten. Dazu gehörte eine Menge mehr als DNA, Haare und Fingerabdrücke.

Tutzler saß an seinem Schreibtisch. Er hatte den Kopf in den Nacken gelegt und zog mit zwei Fingern das rechte Unterlid herab, um aus einer weißen Kunststoffflasche einige Spritzer in das Auge zu tropfen. Dann vollzog er die Prozedur mit dem anderen Auge, schraubte das Fläschchen zu und blinzelte. »Fehlende Tränenflüssigkeit. Der Arzt meint, das kommt vom Stress, und im Alter wäre das sowieso normal. Also drücke ich das Scheiß-Bepanthen.«

Hütter nahm Platz. »So alt bist du gar nicht.«

»Achtundfünfzig. Obwohl ich mich manchmal wie hundert fühle, vor allem morgens nach dem Aufstehen. Dann bohrt es im Rücken, als würde ein Messer drinstecken.« Er schob Hütter ein paar Blätter zu. »Der Untersuchungsbericht ist fertig. Wir haben die ganze Nacht dran gesessen.«

»Danke. Kannst du das Wichtigste mündlich zusammenfassen?«

Tutzler streckte sich. Seine Wirbelsäule sendete ein trockenes Knacken aus.

»Das solltest du behandeln lassen.«

»Ich habe doch gesagt, dass es am Stress liegt. Vier Jahre noch, dann werde ich pensioniert. Bis dahin halte ich durch, so gut es eben geht.«

»Die Untersuchungsergebnisse…«

»Richtig, also hör zu. Da wäre zunächst ein Stück Stoff, das zum Ärmel der Jacke des Toten gehört. Wir haben es mit der Probe verglichen, die Dr. Obermayr geschickt hat. Die Manschette ist eingerissen, wahrscheinlich vom Hängenbleiben am LKW, und genau an dem Riss konnten wir Farbpartikel sichern. Korrosionsschutzlack, seidenmatt, Farbe Weiß. Ich habe mich durch einige Datenbanken gewühlt, um festzustellen, wo er eingesetzt wird. Das findest du auf Seite drei.«

Veit Hütter nahm den Bericht in die Hand und blätterte. »Festkörperreicher Kunstharzlack wird üblicherweise verwendet zum Metallschutz von Land- und Baumaschinen, Sattelschleppern und Containern«, las er laut.

»Einige winzige Teilchen stammen außerdem von einer Folierung. Das nimmt man für Führerhäuser oder Ladeflächen, um Firmenlogos anzubringen oder Werbebilder. Und natürlich auch, um die Lebensdauer des Lacks zu verlängern«, warf Tutzler ein. »Du musst nach einer Zugmaschine mit Trailer und Container suchen.«

»Wie kam der Lack an den Jackenärmel des Toten?«

»Ich stelle mir das Geschehen folgendermaßen vor: Der Ärmel hatte sich verhakt, ein Stück riss ab, und der Fahrtwind wehte es seitlich unter der Karosse entlang, wo es schließlich festklebte.«

»Da dürfte aber keine Folie sein.«

»Nein, doch durch die Vibrationen des Motors ist es wahrscheinlich weggerutscht, hat die Folie am Aufbau tuschiert und Krümel abgescheuert.« Tutzler, griff nach den Augentropfen. »Seite 4.«

Hütter überflog den Bericht. »Grün? Das ist die Farbe der Folie?«

»So ist es.«

»Wie viele grüne Anhänger gibt es wohl?«

»Unzählige, nehme ich an. Trotzdem schränkt es die Suche erheblich ein. Weiße Zugmaschine, grüner Auflieger.«

»Danke, Sebastian. Gute Arbeit.«

»Das ist noch nicht alles. Wir haben ein Haar entdeckt, am Ärmelstoff, aber dazu kann ich im Moment nicht viel sagen. Diese Untersuchung ist noch nicht abgeschlossen.«

Endlich hatten sie handfeste Hinweise. Hütter atmete auf. »Danke nochmal, und pass auf dich auf.«

Tutzler grinste schief. »Vier Jahre noch.«

Drei

»Nein«, sagte Lore. »Den Oshold habe ich heute noch nicht gesehen. Warum fragst du?«

Sie und Marielle hatten sich in der Küche getroffen. Mariella nahm Butter und Marmelade aus dem Kühlschrank und stellte sie neben dem Korb mit den Brötchen auf den Frühstückstisch. »Das ist schon der zweite Tag, dass er nicht wie gewöhnlich heizt. Es kommt kein Rauch aus dem Schornstein, genau wie gestern früh. Das sieht ihm gar nicht ähnlich. Sonst konnte man immer die Uhr nach ihm stellen.«

»Vielleicht hat er verschlafen.«

»Das hast du gestern schon gesagt.« Mariella setzte sich an den Tisch und schnitt ein Brötchen auf.

»Ist doch egal, der ruht sich eben aus. Der geht doch nicht arbeiten, stimmt's? Wenn ich daheimbleiben könnte, wäre ich auch noch im Bett.«

»Fährst du nachher zu Antonio?«

»Erst am Abend. Papa will, dass ich die Frühschicht im Café übernehme.« Lore gähnte. »Frag mich nicht, warum er den Laden im Winter nicht schließt. Es kommt sowieso kein Mensch vorbei. Ich könnte ein bisschen freie Zeit gut gebrauchen, ich habe noch so viel für den Umzug zu packen.«

»Soll ich dir helfen?«

»Du muss doch in deine Apotheke.«

Juan legte sich zu Mariellas Füßen nieder und schloss die Augen.

Lore nickt in seine Richtung. »Habt ihr heute schon eine Runde gedreht?«

»Nur kurz, es ist recht windig draußen, richtig ungemütlich.«

»Trink noch eine Tasse Tee. Der wärmt schön durch.«

»Eigentlich wollte ich gleich wieder raus, den Fußweg fegen und Sand streuen. Beim Oshold ist ja noch alles weiß, der hat nicht mal den Schnee von gestern weggeschippt. Da werden die Leute auf unsere Straßenseite ausweichen, und ich will nicht, dass jemand ausrutscht.« Falls bei dem Wetter überhaupt jemand zur Apotheke kommt, dachte Mariella.

»Für einen Tee ist immer Zeit. Danach geht Juan mit raus. Willst du, du Schnarchnase?« Lore stupste den Rüden mit der Fußspitze an.

Juan rollte sich zusammen und vergrub seine Schnauze unter den Pfoten.

Mariella musste lachen. »Ach Lore, was soll nur werden, wenn du nicht mehr hier wohnst? Ich werde dich vermissen.«

»Ich dich auch, aber noch bin ich ja da, und nach dem Tee kümmern wir uns erst einmal um den verdammten Fußweg. Ich helfe dir. Zu zweit geht es schneller.«

»Und dein Vater?«

Lore hob die Schultern. »Der wird es verkraften, wenn ich ein paar Minuten später komme.«

Vor dem Haus hatte der Wind eine dünne Schicht aus Eiskristallen auf das Pflaster geweht. Während Mariella sie mit dem Besen an den Rand kehrte, schaute sie zu dem Haus hinüber, in dem Roland Oshold wohnte.

Er war noch neu im Dorf, hatte das Haus vor einigen Jahren dem alten Schnorr abgekauft, der zu seiner Tochter Sabine gezogen war. Leider. Marielle seufzte. Schnorr war Teil ihrer Kindheit gewesen. Solange sie denken konnte, hatte er in

Sabnitz gelebt. Sie hatten sich oft unterhalten, vor allem, als er anfing, gebrechlich zu werden. Mehr als einmal hatte er ihr sein Herz ausgeschüttet, weil Sabine wollte, dass er nicht allein in dem großen Bauernhaus blieb. Einen alten Baum verpflanzt man nicht, das war seine Meinung gewesen, und jedes Mal, wenn Mariella die große Kastanie vor dem Haus betrachtete, musste sie an diese Worte denken. Sie war am Ende des Fußwegs angekommen und klopfte den Besen aus.

Letztendlich war der alten Schnorr doch noch zu Sabine gezogen. Der Verkauf des Hauses war schnell gegangen. Keine vier Wochen später war der neue Nachbar eingezogen. Eines Tages war er einfach dagewesen. Roland Oshold. Ein Frühaufsteher, wie sich herausstellte, jedenfalls bis vor kurzem, denn obwohl es auf neun Uhr zuging, war nichts von ihm zu sehen. Die Fensterläden waren geschlossen, der Schornstein mit Reif bedeckt.

»Ich bin fertig«, rief Lore von der anderen Ecke des Hauses.

»Ich auch.« Mariella lief zu ihr hin. Bis um zehn würde sie noch warten. Sollte dann immer noch kein Rauch aus Osholds Schornstein aufsteigen, würde sie bei ihm klingeln, um sicherzugehen, dass er wohlauf war.

Als sie Lore zur Haustür folgte, nahm sie aus den Augenwinkeln eine Bewegung am Fenster von Osholds Obergeschoss wahr.

War er etwa doch munter? Sie blieb stehe und musterte die Gardinen, die wieder starr hinter den Scheiben hingen.

Bestimmt hatte sie sich geirrt. Achselzuckend lief Mariella ins Haus.

Die Nachfrage bei den Zahnärzten der Gegend hatte nichts ergeben. Der Drucker in Siebels Büro spuckte eine Auflistung der Transportfirmen aus Leipzig und Nordsachsen aus.

»Die nehmen wir uns gleich mal vor.« Hütter drückte Krammel die Liste in die Hand.

Tom Krammel nahm sie achtlos entgegen. Er stand am Fenster und betrachtet die Wolken. »Wetten, dass es ab Mittag schneit?«

»Nur das nicht. Die Fenster müssten dringend geputzt werden, man kann ja kaum noch durchgucken, aber solange es schneit, lässt sich die Putzkolonne nicht sehen.« Siebel schob Krammel beiseite und wischte mit der bloßen Hand den Staub von den Blättern des Gummibaums auf dem Fensterbrett.

»Du und dein grüner Daumen. Mit Pflanzen hast du es nicht, Bruno. Das mickrige Ding gehört in den Müll.«

»Spinnst du? Das Ding, wie du es nennst, hat vor Jahren geblüht. Davon muss sich so ein Baum erstmal erholen.«

Krammel schnaubte verächtlich. »Du kannst ja mit ihm reden. Angeblich mag Grünzeug sowas.«

Hütter starrte auf den Stadtplan an der Wand und bemühte sich, nicht zu lachen.

In diesem Moment rissen die Wolken auf und augenblicklich wurde es hell im Büro. Ein Hauch von Sonne fiel durch das Fenster, das den Blick auf einen strahlendblauen Himmel freigab.

»Ja, ja so blau, blau, blau blüht der Enzian«, sang Krammel laut und schief.

»Du hast wirklich einen Schaden«, brummte Siebel und schnippte mit dem Finger gegen die Liste, die Krammel in der Hand hielt. »Statt hier wie ein Schlagerfuzzi rumzuträllern, solltest du lieber zusehen, dass du was aus den Firmen rauskriegst. Bis die DNA am Hemd des Toten identifiziert ist, sind die Farbpartikel unsere einzige Spur.«

»Bruno hat recht.« Hütter warf Krammel die Jacke zu. »Wir haben zu tun, also los. Bruno, du rufst in der Zwischenzeit bei den Speditionen an und kündigst uns an.«

Auf dem Weg nach draußen sagte Krammel zu Siebel: »Über den Schaden reden wir noch.«

Sie fuhren zum Lindenauer Hafen, in dessen Nähe sich gleich mehrere Logistikunternehmen befanden. Das erste hieß Angermann & Söhne und war in einem modernen Bau aus Stahl und Glas untergebracht. Der Parkplatz lag verwaist unter einer Schneedecke, die nur in Nähe des Gebäudes einen schmalen gepflasterten Streifen sehen ließ, von dem ein langgestrecktes Vordach den Regen und den Schnee abhielt. Hinter dem Haus waren an die zwanzig Trucks abgestellt mit Aufbauten in einem leuchteten Orange und dem Logo der Spedition. Einen grünen LKW konnte Hütter auf dem Platz nicht entdecken, aber was besagte das schon. Das Tor zum Hof war mit einer Eisenkette verschlossen. Nachdenklich lief er neben Krammel zum Wagen zurück.

Am Ufer des Kanals saß ein Angler. Starr wie eine Statue hockte er auf einem Klappstuhl. Er trug eine wasserdichte Jacke sowie eine Wathose. Um den Hals hatte er einen grünen Strickschal geschlungen, der Kopf war durch eine karierte Mütze mit Ohrenklappen geschützt. Neben ihm steckten zwei Angeln in einem Rutenhalter, eine dritte hielt er in den Händen.

»Guck dir den an«, murmelte Krammel. »Sitzt da, als würde er auf den großen Fang warten. Angeln als Sport? Pah!«

»Du findest es ja nur blöd, weil es keine Muckis bringt wie dein Bodybuilding.«

»Nee, weil es einfach langweilig ist.«

Hütter ging zu dem Angler hinüber und stellte sich neben seinen Stuhl. Ein Weilchen schaute er auf das Wasser. »Beißen sie?«, fragte er dann.

»Die Fische? Nicht die Bohne, aber darum geht es mir auch nicht.«

»Worum dann?«

»Um die Ruhe.«

»Machen Sie das oft? Angeln, meine ich.«

»Zeit habe ich genug, ich bin Rentner. Ich sitze jeden Tag hier.«

»Dann kennen Sie sicher die Spedition hinter uns. Wissen Sie, wann dort jemand zu erreichen ist?«

»Angermann & Söhne? Die sind pleite, da ist schon seit Wochen niemand mehr.«

Hütter gab Siebel telefonisch Bescheid, das zu überprüfen. Ein Anruf beim Amtsgericht sollte genügen.

»Sag bloß, angeln interessiert dich auf einmal«, sagte Krammel, als sich Hütter zu ihm in den Wagen setzte.

»Quatsch, ich habe den Mann nur gefragt, ob er was über Angermann und Co. weiß.«

»Und?«

»Da dreht sich kein Rad mehr. Soll dicht sein, die Firma. Siebel überprüft das, und die anderen gleich mit.«

Veit Hütter drehte den Zündschlüssel um und startete. Während der Fahrt meldete sich Siebel über Krammels Telefon. Er hatte sich bei den siebenundzwanzig Speditionen der Gegend nach der Farbe ihrer LKWs erkundigt. Nur bei einer waren sie grün. Der Chef war ein gewisser Anton Gasch. Siebel gab die Adresse durch.

Zwar war die Firma klein, Fuhrbetrieb hätte man früher dazu gesagt, dennoch hatte Hütter kein Problem, sie zu finden. Versteckt in einem Hinterhof prangte der Name: Anton Gasch. Das Schild war genauso ausgeblichen wie die grüne Farbe des Tores, an dem es hing.

Gasch, ein schmächtiger Mann um die Siebzig mit ungesunder gelber Haut führte sie in einen Schuppen, in dem zwei Pritschenwagen standen, mindestens fünfzig Jahre alt. Beide waren grün. Es roch nach Diesel und Fisch, und als der Alte neben Veit Hütter trat, bemerkte der noch etwas anderes; die Ausdünstungen eines notorischen Trinkers, faulig und schal.

Tom Krammel schlenderte um die Fahrzeuge herum. »Sagen Sie bloß, die Dinger fahren noch.«

»Machen Sie Witze?«, fragte der Alte mit einer Stimme, rau wie ein Reibeisen. »Die Schätzchen sind viel zu alt.«

»Warum behalten Sie die dann?«

»Aus Nostalgie, nehme ich an.« Gasch wurde von einem Husten geschüttelt, der einem Todesröcheln glich.

Hütter trat einen Schritt zur Seite, um aus dem Dunstkreis des Alten zu kommen. »Haben Sie noch andere Autos? LKWs?«

»Sowas ist viel zu teuer für mich.«

»Sie sind aber noch aktiv als Spediteur, oder?«

Der Alte winkte ab. »Nicht ich, sondern mein Sohn. Der hat eine eigene Firma.«

Hütter bat um die Adresse.

Gasch Senior führte sie in ein Büro mit verstaubten Möbeln, die auf einem zerschlissenen Teppich standen. Schränke und Tische waren vollgepackt mit Zetteln und Zeitungen, allesamt vergilbt.

Gasch kramte aus einem Haufen eine fleckige Visitenkarte hervor und reichte sie an Hütter weiter. »Beste Grüße an meinen Herrn Sohn.« Ein neuer Hustenanfall ließ seinen ausgemergelten Körper beben, und Hütter und Krammel nutzten die Gelegenheit, um sich zu verabschieden.

»Ich habe Hunger«, sagte Krammel, als sie im Auto saßen.

»Jetzt schon?«

»Es ist fast Mittag, und seit gestern Abend habe ich nichts mehr gegessen. Mit leerem Bauch kann ich nicht denken.«

Hütter fädelte sich in den Verkehr. »Du und dein Bauch.«

»Was Chinesisches wäre gut. Oder Pizza. Um die Ecke ist ein guter Italiener, da war ich schon oft.«

»Erst fühlen wir dem Sohn vom Gasch auf den Zahn.«

Krammel seufzte. »Du bist der Boss.«

Eine halbe Stunde später saßen sie bei Anton Gasch Junior im Büro, das sich gewaltig von dem seines Vaters unterschied. Ausgestattet mit modernen hellen Möbeln, bequemen Sesseln und blütenweißen Vorhängen an den Fenstern sah es aus wie aus einem Katalog. Auch Gasch Junior selbst war anders als der Alte. Er hatte reichlich Übergewicht und eine rosige Gesichtsfarbe und wirkte gemütlich. Sein Blick jedoch zerstörte den

Eindruck schnell. Er war kompromisslos und hart.

»Ich bin der einzige Spediteur in Leipzig und Umgebung, dessen Trucks weiß und die Planen grün sind. Das ist mein Markenzeichen, passt zu meinem Logo *Natürlich bewegt*. Heutzutage will jeder was fürs Klima tun, und das Grün lässt die Leute an die Umwelt denken. Warum wollen Sie das überhaupt wissen?«, antwortete er auf Veit Hütters Frage, ob er andere Unternehmen kenne mit der gleichen Farbkombination.

»Wir nehmen an, dass eines Ihrer Fahrzeuge vorgestern zwischen Delitzsch und Bad Düben unterwegs war«, sagte Krammel.

Gasch zuckte mit den Schultern. »Ich liefere in ganz Europa aus.«

»Es geht um die Zeit zwischen zwei und fünf in der Früh.« Hütter starrte Gasch an. »Als guter Unternehmer wissen Sie bestimmt, wann und wo Ihre Trucks sind.«

Gasch starrte zurück, denn hievte er sich aus seinem Sessel und holte einen Ordner aus dem Schrank. Er fingerte den Datenausdruck eines digitalen Fahrtenschreibers heraus und hielt ihn Hütter unter die Nase. »Der Fahrer heißt Pawel Olschewski, aber jeder sagt Olschew zu ihm.«

»Vorgestern war er auf der 183 A unterwegs?«

»Olschew hatte eine Fracht nach oben, von Leipzig nach Rostock und zurück.«

»Warum hat er die Bundesstraße genommen? Warum nicht die Autobahn? Das wäre schneller gegangen, oder?« Soweit Hütter wusste, führte die A 9 an Leipzig vorbei.

»Zeit ist Geld, wollen Sie damit wohl andeuten. Erstens ist die Autobahnabfahrt hinter Dölzig gesperrt, eine Dauerbaustelle, und zweitens hat es geschneit, ein richtiges Schneetreiben ist das vorgestern gewesen. Bei einem solchen Wetter steigt die Unfallgefahr, und wenn es einen auf der Autobahn erwischt, gibt es gleich einen Stau. Bis der aufgelöst ist…das kann Stunden dauern. Dann rollt das Fahrzeug nicht, das kostet mich zu viel. Außerdem hatte Olschew am nächsten Tag eine Tour nach Ilmenau, also hat er dafür gesorgt, dass er zeitig genug runter vom Bock kam, um die Ruhezeiten einzuhalten.«

»Können wir Olschewskis Truck mal sehen?«

Gasch faltete die Hände über dem imposanten Bauch. »Haben Sie einen Durchsuchungsbefehl?«

»Nein, aber das lässt sich nachholen. Wenn wir mit dem Beschluss kommen, nehmen wir Ihren ganzen Laden auseinander. Sowas kann ziemlich lange dauern, und natürlich verlässt in der Zeit niemand das Gelände. Wie sagten Sie doch gleich? Die Fahrzeuge müssen rollen…«

»Schon gut, ich habe kapiert. Die Zugmaschine ist in der Werkstatt, rechts, wenn Sie aus dem Haus kommen.«

»Ein Lackschaden?«

Gasch schüttelte den Kopf. »Kabeldefekt.«

Wie sich herausstellte, war der Schlepper vom Auflieger abgekoppelt. Die Serviceklappe an der Front war geöffnet. Ein Mann in einem blauen Overall stand davor und wischte mit einem Tuch Schmutz und Staub vom Innenleben und den weiß lackierten Karosserieteilen.

Hütter stellte Krammel und sich vor. »Sie sind der Mechaniker?«

Der Mann schaute kurz auf und nickt. »Heiko Fischer heiße ich.«

»Ihr Chef denkt, dass die Leitungen hin sind. Woran erkennt man das eigentlich?«

»Die Kiste hat eine Menge Technik, alles über Apps gesteuert, auch die Fehlermeldungen.«

»Und die Leitungen? Wo sind die?«

»Hinter dem Fahrerhaus«, sagte Fischer, ohne mit der Arbeit innezuhalten. »Wir können gern ausführlich darüber reden, aber nicht jetzt. Erst muss ich fertigwerden.«

Hütter ging zu einem Trailer, der mit Keilen gesichert an der Seite stand. Er betastete die Plane, die sich von rechts nach links über die gesamte Länge zog. Sie war grün und an einigen Stellen löste sich die Beschichtung und gab den Blick auf das darunterliegende Gewebe frei. Vorsichtig kratzte er ein Stück ab und verstaute es in einer der kleinen Plastiktüten, die er bei sich führte.

Hinter ihm knallte Fischer die Motorhaube zu. »Was wollten Sie denn über die Kabel wissen?«

Hütter fuhr herum und schaute Krammel an.

»Möglichst alles«, sagte der, während sie zu Fischer traten.

»Alles? Nun ja, über die Leitungen geht es zum Aufleger, als Verbindung zur Zugmaschine, für Strom zum Beispiel.«

Krammel deutete auf das Führerhaus. »Und deshalb ist es kaputt?«

»Das ist nur eine Kleinigkeit. Das Druckkabel hat einen Riss.«

»Wie ist er entstanden?«

»Schwer zu sagen. Ermüdungserscheinungen des Materials vielleicht. Durch Wind und Wetter spröde geworden, oder der Fahrer ist irgendwo hängengeblieben.«

»Was wollen Sie denn noch?«, knurrte Gasch, als Hütter erneut in sein Büro polterte.

»Olschewskis Adresse, wenn ich bitten darf.«

Es ging auf neun Uhr abends zu, als Hütter in die PD zurückkehrte. Olschewski hatten sie nicht angetroffen. Krammel hatte Feierabend gemacht. Sein Husten hatte sich zurückgemeldet, dazu waren Kopfschmerzen gekommen. Anscheinend war er doch noch nicht ganz gesund.

Hinter Tutzlers Fenster brannte noch Licht. Veit Hütter übergab ihm die Probe der Folie und machte sich zu Siebel auf. Als er die Treppe zu seinem Büro hinauflief, spürte er die Müdigkeit in den Knochen. Er gähnte, als er die Tür öffnete.

Bruno Siebel war gerade im Begriff zu gehen, doch als er Hütter sah, zog er seine Jacke wieder aus. »Der Obduktionsbericht ist da«, sagte er.

»Danke, ich nehme ihn mir gleich vor.« Hütter registrierte Siebels rotumränderte Augen und die tiefen Falten, die sich von den Nasenflügeln bis zu den Mundwinkeln zogen. »Mach dich heim und geh ins Bett.«

»Wenn du noch hierbleibst, bleibe ich auch. Außerdem kann ich sowieso nicht schlafen. Mein Magen…« Siebel klagte häufig über Schmerzen.

Veit Hütter blätterte in Obermayrs Bericht. Das meiste kannte er bereits: Schädel partiell fehlend, Knochen freiliegend, Stiche an den Armen, drei lochartige Frakturen am Kopf. Spuren von Folter, Tod durch Erschlagen.

Neu hingegen war das Ergebnis von Simons Untersuchungen. Die Kriminalentomologin hatte Eier entdeckt, wie sie Schmeißfliegen auf Dung, Kot oder auf anderen eiweißhaltigen Substanzen ablegten. Auf Fleisch zum Beispiel oder auch auf Leichen. Simon ging von wenigen Minuten aus, und bei höheren Temperaturen hätten sich aus den Eiern schon keine vierundzwanzig Stunden später Larven entwickelt. Die Kälte am Fundort des Toten hatte den Prozess verhindert, und wäre der Mann dort gestorben, hätte es nicht einmal die Eier der Fliegen gegeben. Dass sie vorhanden waren, konnte nur eines bedeuten: Der Mann war in einer wärmeren Umgebung getötet worden, vermutlich in einem gut geheizten Raum.

Vier

Unruhig lief Hütter am Straßenrand auf und ab. Seit einer halben Stunde wartete er nun schon, und allmählich kroch ihm die feuchte Kälte von den Füßen in den Rücken, da kam Krammels Wagen endlich mit quietschenden Reifen um die Ecke gebogen und stoppte vor ihm. Aus dem silberfarbenen X6 drang laute Musik: *Manchmal möchte ich schon mit dir.* Hütter öffnete die Tür und schob sich auf den Beifahrersitz.

»Entschuldige die Verspätung, aber ich musste noch tanken.« Krammel trommelte im Takt des Liedes auf das Lenkrad des BMWs.

»Du hättest dir eben keinen SUV zulegen sollen.«

»Wohin soll's denn gehen?«

»Zu Olschewski nach Grünau. Es steht fest, dass sein Truck mit dem Toten kollidiert ist.« Tutzler hatte Hütter früh am Morgen über das Ergebnis informiert. Die Kollegen hatten mehrere Tests durchgeführt. Sie hatten nachgewiesen, dass die Farbproben von Olschewskis Truck mit den am Ärmel sichergestellten Partikeln über-stimmten. Hütter schaltete das Autoradio aus. »Gestern kam der Obduktionsbericht, der Tote wurde gefoltert, erschlagen und dann auf die Straße verbracht. Gestorben ist er an einem anderen Ort.«

»Folter deutet darauf hin, dass der Tote etwas wusste und dass jemand das Wissen aus ihm herauspressen wollte«, sagte Krammel.

»Oder dass sich jemand an ihm rächen wollte. Jemand, den er sehr verletzt haben muss. So sehr, dass er dafür den Tod verdient hat.«

»Was ist mit der Todeszeit?«

»Zwei Uhr nachts, vielleicht auch eine Stunde später. Da sich der Leichnam im Freien befunden hat und noch dazu im Schnee, ist eine weitere Eingrenzung des Zeitraumes schwierig.«

»Damit ist der Busfahrer raus.« Bert Franker hatte ein Alibi. Seine Freundin hatte bestätigt, dass er nach seiner Schicht bis morgens halb vier bei ihr gewesen war.

»Der war eh nie wirklich verdächtig. Der hatte doch gar kein Motiv.«

»Stimmt auch wieder.«

Sie erreichten den westlichen Teil der Stadt, wo Hochhäuser und Plattenbauten aus den 1970-er Jahren davon zeugten, dass Leipzig-Grünau von der ehemaligen DDR-Regierung als Großwohnsiedlung für Tausende von Menschen konzipiert gewesen war. Mittlerweile gab es zwischen den Straßenreihen mehrere Parks und Grünflächen.

»Olschewski wohnt in der Offenburger Straße, du kannst links hinter dem Einkaufscenter rein und bis zum Parkplatz fahren«, sagte Hütter, und Krammel bog von der Lütznerstraße ab.

Normalerweise war der Parkplatz inmitten der Plattenbauten gut gefüllt. Jetzt allerdings wirkte er verlassen, vermutlich weil sich niemand die Mühe gemacht hatte, die Schneemassen beiseitezuschieben. Vor dem Haus mit der Nummer 37 sah der Gehweg nicht besser aus. Eine einzelne Fußspur zog sich den Weg entlang, und Hütter und Krammel folgten ihr hintereinandergehend, um nicht in den Tiefschnee treten zu müssen. Allerdings konnten sie damit nicht verhindern, dass schon nach wenigen Schritten an den Sohlen ihrer Schuhe eine dicke weiße Schicht klebte. Als sie durch die Hauseingangstür traten, stampfte Hütter mehrmals kräftig auf und hinterließ auf dem Steinfußboden unschöne Flecke.

Das Treppenhaus war nichts Besonderes: helle Wände, Terrazzostufen, Handläufe aus Metall. Es roch nach angebranntem Essen und Zigarettenrauch. Olschewski wohnte im zweiten Stock. Das Namensschild war mit rotem Gewebeband an die Tür geklebt, direkt unter den Spion. Davor lag ein Abtreter mit der Aufschrift *Ab hier bitte lächeln.*

Krammel klingelte, und eine Frau mit blonden Haaren öffnete. Sie hatte ein rundes Gesicht mit einer kleinen Nase voller Sommersprossen. Keine Schönheit, aber ihre Augen verrieten eine Leidenschaft, die anziehend wirkte. Am rechten Ringfinger trug sie einen schlichten goldenen Reif.

»Sie wollen?« Ihre Stimme war überraschend tief, aber vielleicht kam das Hütter angesichts des slawischen Akzents auch nur so vor.

Er zückte seinen Ausweis. »Wir möchten zu Herrn Pawel Olschewski.«

»Pawel nicht da.«

»Sind Sie seine Frau?«

»Ja, ich Nina.«

Krammel räusperte sich. »Wir sollten besser drin weiterreden.«

Nina öffnete die Wohnungstür gerade so weit, so dass sie in den Flur treten konnten. Rechts und links befanden sich mehrere Zimmer, die Türen waren geschlossen.

»Erinnern Sie sich, wann Ihr Mann am Sonntag von seiner Tour gekommen ist?«

Auf Ninas glatter Stirn bildeten sich Falten. »Ich nicht wissen.«

61

»Waren Sie zu Hause?«

»Ganze Abend, ganze Nacht auch. Haben ich geschlafen. Am Morgen ich aufgewacht, Pawel da in Bett gewesen neben mir.«

»Und wo ist er jetzt?«

»Weggegangen kurz, wegen Briefe für Familie, wollen bringen er zu Postkasten.«

»Wir würden gern auf ihn warten.«

Nina führte Hütter und Krammel in einen der rechterhand liegenden Räume, der alles andere als üppig ausgestattet war. In der Mitte standen zwei Sessel und mehrere übereinandergestapelte Holzpaletten, die als Ablage dienten. Vor dem Fenster befand sich ein weißer Schreibtisch mit einem Drehstuhl, mehr gab es nicht.

»Wollen setzen und trinken Chay? Ist gut Tee.«

»Danke, nein. Sie arbeiten hier?« Hütter zeigte auf den Schreibtisch.

Nina schüttelte den Kopf. »Ist für Pawel das.«

Sie hörten, wie die Wohnungstür geöffnet und wieder geschlossen wurde, und gleich darauf trat ein Mann ins Zimmer. Er war mittelgroß mit mittelbraunen Haaren, braunen Augen und einer durchschnittlichen Figur. Ein Mann ohne besondere Merkmale. Jemand, an den sich niemand erinnern würde, sollte nach seiner Beschreibung gefragt werden.

»Wir haben Besuch?«, fragte er.

Hütter zeigte ihm seinen Dienstausweis. »Ich bin Polizeikommissar Veit Hütter. Neben mir, das ist mein Kollege Polizeikommissar Krammel. Wir haben einige Fragen an Sie. Sie sind doch Pawel Juri Olschewski?«

Olschewski nickte. »Worum geht es denn?«

»Sie fahren für Anton Gasch, richtig?«

»Stimmt, und bevor Sie weiterfragen, ich habe natürlich eine gültige Arbeitserlaubnis.«

»Ich machen Chay«, entschied Nina und küsste im Hinausgehen ihren Mann flüchtig auf die Wange.

»Ihr Chef sagt, dass Sie am Sonntag zwischen zwei und fünf Uhr morgens von Rostock zurück nach Leipzig gefahren sind und vor Delitzsch die B 183 A genommen haben. Weil es geschneit hat. Wie war Ihre Fahrt?«, fragte Hütter.

Olschewski hob die Schulter. »Völlig normal.«

»Es gab keinen Zwischenfall?«

»Wovon reden Sie bloß?«

»Ihr Truck ist beschädigt.«

»Die Druckleitung, ich weiß. Ich bin irgendwo aufgesetzt oder an irgendwas hängengeblieben. Manchmal liegt so Zeugs auf der Straße rum. Das ist kein großes Problem.«

»Mag sein«, warf Tom Krammel ein. »Aber auf der Landstraße wurde ein toter Mann gefunden, und es gibt Spuren, die darauf schließen lassen, dass Sie ihn überfahren haben.«

Olschewskis Augen wurden groß. »Was für Spuren denn?«

»Farbe von Ihrem Truck.«

»Das muss ein Irrtum sein, ganz bestimmt. Ich habe niemanden gesehen und erst recht nicht überfahren.«

»Die Straße war frei?«

»Ja doch.«

»Erzählen Sie mal, wie Sie die Fahrt gemacht haben, von Anfang an, bitte.«

»Ich hatte Bier geladen, das habe ich am späten Nachmittag bei der Brauerei in Reudnitz abgeholt, kurz bevor dort Schichtende war. Damit bin ich rauf nach Rostock in den Hafen. Nachdem ich die Ware dort abgegeben hatte, bin ich zurück nach Leipzig gefahren. Da war es schon gegen Mitternacht.«

»Während der Fahrt - waren Sie da immer voll bei der Sache?«

»Wie meinen Sie das?« Olschewskis Stimme war auf einmal ganz flach.

»Haben Sie während der Fahrt etwas bemerkt? Ein Rucken, Holpern oder etwas in der Art?«

»Nichts dergleichen.«

»Sie hatten die Straße die ganze Zeit im Blick, oder?« übernahm Hütter das Wort.

»Ja. Nein. Also, ich fahre für Gasch, um Geld zu verdienen. Für mein Studium. Ich will Lehrer werden, und bis es so weit ist, bereite ich mich vor, lese Bücher und Artikel im Internet, alles, was ich kriegen kann. Ich möchte Deutsch und Geschichte unterrichten, aber dafür muss ich viel lernen. Deshalb nutze ich jede Minute, auch auf der Fahrt. Ich hatte das Handy an.«

»Sie haben telefoniert?«

»Ich habe im Internet gesurft.«

»Ihr Deutsch ist sehr gut«, warf Krammel ein.

»Auf Olschewskis Gesicht breitete sich ein Lächeln aus. Seine Augen leuchteten vor Begeisterung, und auf einmal sah er alles andere als durchschnittlich aus. Es war, als hätte er eine Lampe angeknipst, die ihn von innen heraus zum Strahlen brachte. Pawel Juri Olschewski mochte ein schlechter Trucker sein, aber als Lehrer wäre er mit Sicherheit gut.

»Fahren und gleichzeitig im Netz herumsurfen.« Hütter schüttelte den Kopf, als sie die Treppen hinabliefen. Sie traten aus dem Haus, und er warf einen Blick in den Himmel. Es hatte wieder angefangen zu schneien, aber wenigstens hatte jemand inzwischen einen schmalen Streifen des Fußwegs von Eis und Schnee befreit.

»Olschewski ist keine Ausnahme, ich habe dir doch von dieser Frau erzählt; die überfahren wurde, weil der Fahrer einen Film geguckt hat«, meinte Krammel achselzuckend. Sie hatten den SUV erreicht und stiegen ein. Krammel startete den Wagen und drehte das Radio auf. Aus den Boxen dröhnte ein deutscher Oldie: *Es kann der Frömmste nicht in Frieden leben.* »Roland Kaiser«, erklärte Krammel und lächelte selig.

»Was?«

»Der Sänger, Roland Kaiser, der heißt so. Der Sender bringt heute ein Special über ihn.«

Veit Hütter runzelte die Stirn. Er hatte keine Ahnung, wer dieser Kaiser war.

»Wollen wir nicht doch ein bisschen die Heizung aufdrehen?«

»Wie denn?« Hütter starrte den Heizkörper böse an. Seit er vor einer Stunde sein Büro in der PD betreten hatte, war es mit jeder Minute kälter im Raum geworden. Der Wind pfiff durch die undichten Fenster und fegte die Wärme, die aus den Rohren kam, einfach beiseite. Das Thermostat war auf Stufe zwei gestellt, und das Ventil war arretiert und ließ sich nicht bewegen. Wegen der Maßnahmen zur Energieeinsparung, Winter hin oder her.

Bruno Siebel sah weiß wie ein Laken aus. Er hielt sich die Uniformjacke am Hals zu, mit der anderen Hand rieb er seinen Bauch.

Hütter hatte ihm berichtet, was die Befragung von Olschewski ergeben hatte. Er umklammerte einen Pott mit lauwarmem Kaffee.

»Eigentlich müssen Büroräume wärmer sein. Zwanzig Grad mindestens«, erzählte Siebel, hielt aber inne, als er Veit Hütters warnenden Blick bemerkte, und widmete sich stattdessen seinem Computer. Das gequälte Summen der Heizung und das Klackern der Tastatur waren die einzigen Geräusche. Sie lullten Hütter ein, so dass er Mühe hatte, wach zu bleiben.

»Als du weg warst, kam ein Anruf für dich. Von einer alten Freundin.« Siebel rieb sich erneut die Magengegend.

Hütter zuckte zusammen. »Ich bin Single, wie du weißt.«

»Klar, aber bei der schönen Rabner wirst du am Ende doch noch schwach. Du erinnerst dich an sie? Letztes Jahr, die zwei toten Frauen in Sabnitz – Mariella Rabner hatte...«

»Schon gut, ich weiß, wen du meinst.«

»Außerdem will Trumm dich sprechen.«

»Mensch Bruno, das sagst du jetzt erst?«

»Das ist mir eben erst wieder eigefallen. Bei der Scheißkälte friert einem ja das Gehirn ein.«

Doch Hütter hörte Siebel schon nicht mehr zu, er hatte bereits Trumms Nummer gewählt.

Fünf

Regungslos hockte Mariella im Schneidersitz auf dem karierten Ohrensessel, der schon ihrer Oma gehört hatte. Längst war der Stoff an den Armlehnen und im Kopfbereich zerschlissen, doch sie konnte sich nicht von ihm trennen. Er stand an ihrem Lieblingsplatz am Stubenfenster im ersten Stock, und wenn sie sich reckte, konnte sie durch die Äste des Kastanienbaumes Osholds Schlafzimmer sehen. Wie schon in den letzten Tagen, waren auch heute wieder die Vorhänge zugezogen, obwohl es schon Mittag war. Noch etwas, das nicht zu Oshold passte, denn da war außerdem der Fußweg, den er nicht vom Schnee befreit hatte. Seit drei Tagen nun schon. Stirnrunzelnd spähte sie hinüber, als sich unvermittelt einer der Stores bewegte. Roland Oshold war zu Hause, womöglich brauchte er Hilfe.

Mariella hastete die Treppe hinunter und aus dem Haus. Atemlos vom Rennen drückte sie den Zeigefinger auf den Klingelknopf neben Osholds Briefkasten, aber alles blieb still. Oshold hatte den Vorhang bewegt, da war sie sich ganz sicher, aber warum kam er nicht an die Tür?

Wieder klingelte sie. Nichts rührte sich in dem alten Bauernhaus; es war, als wäre es verlassen. Unschlüssig wartete sie. Früher hatte man den Nachbarn einen Reserveschlüssel überlassen. Als Sicherheit, wenn man sich mal ausgesperrt hatte, oder um während der Urlaubszeit die Blumen zu gießen. Aber Oshold hatte ihr keinen Schlüssel gegeben, und sie hatte nicht gefragt. Sie wollte sich nicht aufdrängen. Jetzt hingegen…vielleicht war ihm etwas passiert?

Sie könnte einen Schraubenzieher aus dem Schränkchen in ihrem Flur holen und versuchen, damit das Schloss zu öffnen. Aber sie war nicht sehr geschickt in solchen Dingen, und was, wenn Oshold dann doch herunterkam? Bestimmt würde er denken, sie wollte bei ihm einbrechen.

Mariella musterte die Fenster. Im Erdgeschoss waren noch immer die Klappläden geschlossen, nur oben fiel Licht ins Innere des Hauses. Dort gab es keine Fensterläden.

Sie schaute hinter sich über den Platz mit der Kastanie und weiter die Hauptstraße entlang. Kein Mensch war zu sehen. Wie auch, um die Zeit saßen die Sabnitzer gewöhnlich am heimischen Mittagstisch. Von fern hörte sie den Schlag der Kirchenglocke. Dreizehn Uhr, und damit Zeit, nach der Pause die Apotheke wieder zu öffnen. Zögernd lief sie zu ihrem Haus zurück. Sie hatte im Kommissariat angerufen, doch Hütter war nicht zu sprechen gewesen. Der andere Polizist, Siebel, hatte sie gefragt, ob er etwas ausrichten solle, da hatte sie ihm erzählt, dass ihr Nachbar sich nicht sehen ließ. Siebel hatte abgewiegelt. Kein Wunder, wenn einer bei der Kälte nicht vor die Tür geht, hatte er gesagt, und dann hatte er sie an das Polizeirevier in Delitzsch verwiesen. Sie hatte gleich geahnt, dass man dort sie ebenso wenig ernst nehmen würde.

Kommissar Veit Hütter war anders, nicht so abgebrüht. Wenn Oshold auch morgen nicht zu sehen war, würde sie ihn noch einmal anrufen. Notfalls würde sie zu ihm ins Büro fahren und ihn bitten, etwas zu unternehmen.

Sie schloss die Apotheke auf und brachte den Aufsteller mit dem heutigen Tagesangebot nach draußen vor die Tür. Er warb für buntverpackte Hustenbonbons, zwei Euro die Tüte. Ihr selbst waren Naturprodukte lieber, die Kunden jedoch wollten überwiegend Waren kaufen, die sie aus der Fernsehwerbung kannten. Der Schnee vom Vormittag hatte den Preis ein bisschen verwischt. Während sie ihn nachzeichnete, bis er wieder gut zu lesen war, bildete ihr Atem kleine Wolken. Ein Frösteln ließ sie erschauern, und sie eilte in die Wärme des Ladens zurück. Kaum hatte sie ihren Kittel übergeworfen, kündigte das melodische Dingdong des Durchgangsmelders im Eingangsbereich den ersten Kunden an. Überrascht schaute sie auf.

In der Nähe der Tür stand ein breitschultriger Mann in Jeans und Lederjacke und betrachtete die Auslagen im Seitenregal. Er hatte ihr den Rücken zugewandt, doch sie sah das scharfe Profil seines Gesichts mit einem Dreitagebart am Kinn. Im Nacken hatte er seine langen dunklen Haare zu einem Zopf zusammengebunden.

»Kann ich helfen?«, fragte sie.

Er drehte sich um und kam zur Verkaufstheke. »Hoffentlich.«

Seine Stimme war dunkel und angenehm. »Ich habe Würstchen mit Ketchup gegessen, wie das so ist, wenn man es eilig hat. Dummerweise habe gekleckert, sogar auf den Autositz.«

»Tut mir leid, doch ich führe keine Reinigungsmittel.«

»Schade, aber etwas zum Abwischen vielleicht oder Feuchttücher?« Er öffnete seine Jacke. In Brusthöhe prangte ein roter Fleck auf seinem Hemd. »So kann ich doch unmöglich durch die Gegend laufen.«

»Ich habe ein Desinfektionsmittel, damit geht der Fleck vielleicht raus.«

»Wunderbar, ich nehme eine Flasche.« Der Mann zückte seine Geldbörse, zog einen Schein heraus und legte ihn auf den Tresen. Um seine Mundwinkel spielte ein leises Lächeln, und als er aufsah, traf Mariella ein Blick, der sie stocken ließ. Es war ein Blick voll Begehren, wie sie es noch nie erlebt hatte.

»Es ist nicht viel los im Dorf, oder?«, fragte der Mann.

»Unter der Woche ist das normal, die meisten Sabnitzer arbeiten außerhalb. Sind Sie auf der Durchreise?« Mariellas Finger bebten, als sie das Wechselgeld aus der Kasse nahm.

»So ungefähr.« Er beugte sich über den Tresen. »Eine schöne Frau wie Sie sollte nicht in diesem Nest versauern.«

Laut zählte Mariella das Wechselgeld ab. Die Münzen klimperten auf den Zahlteller.

Achtlos strich der Mann sie ein. »Jetzt habe ich Sie verärgert. Nicht böse sein, ich bin schon weg.«

Im Hinausgehen drehte er sich nochmals um. Sie sah sein wissendes Lächeln, dann war er fort.

Mariellas Wangen brannten, als hätte er sie geschlagen, aber in ihrer Magengegend kribbelte es wie in einem Ameisenhaufen. Einfach so mit ihr zu flirten! Und doch…irgendwie hatte es ihr gefallen.

»Frauen.« Siebel stocherte mit der Gabel in dem Fertiggericht auf dem Tisch vor ihm herum. »Die Rabner ist auch so eine…du weißt schon.«

Hütter verzog den Mund. »Nein, Bruno, weiß ich nicht.«

»Die zieht den Ärger doch förmlich an. Früher hätte man die als Hexe verbrannt, da wurde bei euch in Bamberg nicht lange gefackelt.«

Im 17. Jahrhundert war Bamberg eine Hochburg der Hexenverfolgungen gewesen. Hütter hatte gar nicht gewusst, dass sich Siebel für Geschichte interessierte. »Wir leben nicht mehr im Mittelalter. Wie kommst du eigentlich darauf, dass Mariella Rabner Ärger macht?«

»Du brauchst bloß in den Spiegel zu gucken, richtig verkniffen siehst du aus.«

Hütter runzelte die Stirn. Anscheinend dachte Siebel, dass er mit der Apothekerin telefoniert hatte. Dabei war es Trumm, der in der Leitung gewesen war. Der Revierleiter hatte gefragt, ob er als Ermittlungschef überfordert wäre. Dabei war es erst vier Tage her, dass sie den Toten gefunden hatten, aber Trumm hatte sich an den berühmten achtundvierzig Stunden festgebissen. Je länger ein Mord her war, umso unwahrscheinlicher war es, Anhaltspunkte zur Überführung des Täters zu finden, und nach achtundvierzig Stunden waren die Chancen bereits um die Hälfte gesunken.

Er blickte er auf die Landkarte an der Wand, die neben einem Stadtplan von Leipzig hing. Er hatte die Fundstelle des Toten mit einem roten Fähnchen markiert. An eine weitere Tafel waren die Fotos gepinnt, die er von Obermayr aus der Rechtsmedizin bekommen hatte, und plötzlich war sein Hals wie zugeschnürt. Vielleicht hatte Trumm ja recht, und er war tatsächlich nicht der richtige Mann, um diesen Fall zu lösen.

»Ich frage mich, was Norbert Breitmann als nächstes tun würde«, sagte er.

Siebel hatte sein Mahl beendet und warf sich

eine Magentabletten ein. Trocken schluckte er sie herunter. »Vermutlich würde der Alte der Mordkommission Beine machen.«

»Aber ich habe keine richtige SOKO. Krammel und ich, und ab Montag ist noch Matula dabei. Drei Leute, das ist ein Tropfen auf dem heißen Stein.«

»Stimmt, aber ihr seid Profis, Tom und Luis sind erfahrene Ermittler, die besten, die es gibt. Abgesehen von Breitmann natürlich.«

Das Telefon klingelte, und Bruno Siebel nahm den Hörer ab. Er lauschte, dann bedeckte er mit der Hand die Sprechmuschel: »Wenn man vom Teufel spricht…«

Hütter hob die Augenbrauen, aber Siebel hatte sich schon wieder dem Telefon zugewendet. »Ich mache mal den Lautsprecher an, ja? Da kann der Kommissar gleich mithören.« Er drückte einen Knopf, dann schallte Breitmanns Stimme durch den Raum. »Ich habe gehört, Sie haben einen Mord am Hals, Hütter? Wie läuft's denn so?«

»Wir stehen noch am Anfang«, rief Hütter in Richtung des Telefons, während er sich fragte, woher Breitmann die Information über den Mord hatte.

»Keine Sorge, mein Lieber, Sie kriegen das hin, ehrgeizig, wie Sie sind. Aber vergessen Sie nicht: Erfolg hat viele Väter, der Misserfolg dagegen ist ein Waisenkind.« Mit einem Lachen legte Breitmann auf.

Unwillig schüttelte Hütter den Kopf. So also sah ihn der Hauptkommissar. Klar, er war ehrgeizig, aber was war daran falsch? Norbert Breitmann schien nicht zu wissen, wie wichtig ihm die Arbeit war.

»Ach ja, der Herr Breitmann. Der hat geahnt, dass wir über ihn gesprochen haben. Der Mann hat einen siebten Sinn.« Siebel schob sich eine weitere Tablette zwischen die Lippen.

Wieder klingelte das Telefon. Diesmal rief Sebastian Tutzler an. »Wir haben das Haar, das an dem Stofffetzen klebte, molekulargenetisch untersucht und die Typisierung an das Bundeskriminalamt geschickt, damit sie mit der DNA-Analyse-Datei abgeglichen wird.« Dort waren alle erkennungsdienstlich behandelten Personen verzeichnet.

Hütter holte tief Luft. »Und?«

»Wir haben ein Match.«

Sophie Steinhuber hasste es, sich nackt zu sehen. Sie hasste ihre schweren Hängebrüste, den Bauch und sie hasste die stämmigen Oberschenkel, die deutliche Zeichen von Zellulite zeigten. Seufzend kehrte sie dem riesigen Spiegel an ihrem Schlafzimmerschrank den Rücken und zog sich an: Spitzenunterwäsche, halterlose Nylonstrümpfe, schwarzer knielanger Rock und zum Schluss eine tief ausgeschnittene weiße Bluse. In einer Stunde begann ihre Schicht im *Dubliner*, wo sie seit fast fünfzehn Jahren hinter dem Tresen stand und Guinness und Whiskey ausschenkte, zumeist an männliche Gäste.

Sie ging ins Bad und band ihre langen roten Haare zu seinem lockeren Seitenzopf, den sie über die rechte Schulter hängen ließ. Zuletzt legte sie ein leichtes Make-up auf, nichts Auffälliges. Nur die vollen Lippen, die schminkte sie in einem kräftigen Rot. Ein letzter Blick in den Spiegel, dann griff sie nach ihrer Umhängetasche.

Das *Dubliner* befand sich einen Fußmarsch von fünfzehn Minuten entfernt in der Südvorstadt. In Leipzig waren die Wege kurz, ein Grund für Sophie, in der Stadt zu bleiben. Mehrfach waren ihr Stellen außerhalb angeboten worden, einmal sogar in einer exklusiven Bar in der Münchner Innenstadt, aber sie hatte abgelehnt. Nicht nur der Weg durch die beschauliche Stadt gefiel ihr. Sie mochte auch ihren Job in dem irischen Pub unweit des Zetkinparks. Leipzig war eine Stadt, die für ihre vielen grünen Zonen bekannt war, und genau das liebte sie inzwischen.

Das Haus, in dem der *Dubliner* das gesamte Erdgeschoss einnahm, hatte einen dunkelgrünen Anstrich, der schon ein paar Jahre alt war und unter der Dachtraufe abblätterte. Der Pub hatte noch nicht geöffnet, aber Sophie hatte einen eigenen Schlüssel. Sie trat durch die Hintertür und schaltete die Beleuchtung an. Augenblicklich wurde die Inneneinrichtung, die überwiegend aus Holz bestand, in ein warmes Licht getaucht.

Sophie verstaute ihre Tasche unter dem Tresen und band sich eine Halbschürze um die Hüften. Die Viermanntische hatte sie schon am Vorabend abgewischt, trotzdem fuhr sie nochmal mit einem Lappen über die kreisrunden Platten. Während sie frische Kerzen in die Glashalter steckte, traf das übrige Personal ein. Steve und Linda, beides Studenten, die sich mit dem Kellnern ein Zubrot zu ihrem Stipendium verdienten, sowie Annett und Pete, die Heinz, dem Koch, in der Küche zur Seite standen.

»Alles gut?«, fragte Steve und lachte, dass seine großen weißen Zähne im künstlichen Licht des Kronleuchters blitzten.

»Bestens.« Sophie hob kurz den Daumen und ging in den hinteren Teil des Gebäudes, um die Sauberkeit der Toiletten zu kontrollieren. Kaum zurück, überprüfte sie den Getränkebestand der Bar. Wie erwartet, war die Bar aufgefüllt und gut sortiert. Sie checkte, ob die Bierfässer schon angeschlossen waren und ging anschließend in den Nebenraum und schaute, dass das Billardzubehör an seinem Platz war. Manchmal wurde es von Gästen an Stellen abgelegt, wo es nicht sofort zu finden war. Einmal hatten sie eine Ewigkeit nach einem Queue gesucht, den jemand hinter einem der großen Holzfässer, die als Stehtische dienten, an die Wandvertäfelung gelehnt hatte. An diesem Abend aber war alles in Ordnung, und Sophie ging zurück an die Bar, schob sich auf einen Hocker und zündete sich eine Zigarette an.

Steve drohte grinsend mit dem Zeigefinger und wies auf das Schild, das über dem Tresen hing: Rauchen verboten. Sophie grinste zurück. Eine dreiviertel Stunde noch, dann öffnete sie den Laden. Bis dahin war der Rauch längst verflogen.

Wie erwartet blieb der große Ansturm aus, und als es auf Mitternacht zuging, fragte sich Sophie das erste Mal, wie ihr Chef es bloß schaffte, von den Einnahmen die Löhne zu zahlen.

Sie selbst war zufrieden, sie hatte die üblichen Stammkunden bedient und eine Gruppe junger Männer, die so bekifft waren, dass sie nicht merkten, wie viel Trinkgeld sie ihr gegeben hatten. Inzwischen waren die Plätze an der Bar leer, da schob sich ein neuer Gast auf einen Holzhocker.

»Hallo Süße.«

Sophie schaute auf und zuckte zusammen. Der Mann war sehr groß, fast zwei Meter. Er trug ein schwarzes Hemd, das am Kragen weit genug geöffnet war, um seine gebräunte Haut sehen zu lassen. Der Stoff spannte über dem flachen Bauch und auch an den muskulösen Oberarmen.

Angel. Mein Gott, wo kam der denn plötzlich her?

»Vergiss es, das mit uns ist vorbei.« Sophie begann, die leeren Gläser abzuspülen.

»Ich habe von dir geträumt, fast jede Nacht, weißt du das?«, sagte Angel sanft, als hätte er sie nicht gehört. Lässig strich er sich eine schwarze Haarlocke aus der Stirn. Er wirkte erschöpft, aber vielleicht lag das nur an den Krähenfüßen und den Falten um seinen Mund herum. Früher hatte er die noch nicht gehabt.

Drei Jahre lang waren sie zusammen gewesen, eine echte Beziehung, jedenfalls war Sophie davon ausgegangen. Bis sie eines Tages mitgekriegt hatte, dass Angel sie mit anderen Frauen betrog, aber bevor sie mit ihm Schluss machen konnte, war er von einem Tag auf den anderen weg gewesen. Später hatte sie herausgefunden, dass er im Knast war, und das hatte sie als Chance gesehen, ihn ohne Diskussionen abzuservieren. Doch nun saß er plötzlich vor ihr, maskulin wie immer und unverschämt erotisch.

»Du willst an mich gedacht haben? Echt jetzt? Ich glaube dir kein Wort.«

Unvermittelt packte er ihr Handgelenk. »Hat dir dein Herr Bruder was für mich gegeben?«

»Was soll das, Angel? Ich habe Rolli seit Jahren nicht gesehen.«

»Kein Besuch? Nichts?«

»Ich weiß nicht, wovon du redest. Lass mich los, du tust mir weh.«

Sophie zwang sich, dem bohrenden Blick des Mannes standzuhalten. In seinen dunklen Augen flackerte ein unheimliches Feuer, das ihr einen kalten Schauer über den Rücken jagte. Erinnerungen überrollten sie, an Nächte voller Schmerz und Tränen.

»Ehrlich, es ist Jahre her, dass Rolli weggegangen ist. Er hat sich nie gemeldet, und seine Adresse habe ich auch nicht.«

Angel ließ sie los und stützte die Ellbogen auf den Tresen. »Gib mir ein Bier.«

Schnell kam Sophie seinem Wunsch nach.

In einem Zug leerte Angel das Glas, knallte es auf den Tisch und stand auf. Er bewegte sich geschmeidig wie ein Raubtier auf der Jagd. Im Hinausgehen lief er Linda über den Weg. Die Studentin blickte ihm nach, dann zwinkerte sie Sophie zu. »Was für ein Typ.«

»Vergiss es, der ist gefährlich.«

»Ach ja? Ich war schon oft mit den angeblich falschen Männern zusammen. Bereut habe ich es noch nie.« Linda war nicht wählerisch, was ihre Bettgenossen betraf. Tagsüber war sie die fleißige Studentin, nachts hingegen ließ sie die Sau raus.

»Mit dem Typen hättest du keine Zukunft.«

»Bist du etwa selbst auf ihn scharf?«

Sophie nahm Angels Glas und stellte es in die Spüle. »Das ist vorbei. Endgültig.«

Später, zu Hause, dachte sie daran, wie heiß und wild die Sache zwischen Angel und ihr einst gewesen war. Wieder meinte sie seine Hände auf ihrer Haut zu spüren. Diese Hände, die jeden Zentimeter ihres Körpers erkundeten und sie zum Stöhnen brachten. Unwillkürlich tastete sie nach ihren Lippen. Ihre Fingerspitzen verharrten, dann fuhren sie den Hals herab zu den Brüsten und noch ein Stück weiter. Angel hatte von ihr geträumt, doch hatte er die Wahrheit gesagt?

Irgendwo im Kellerraum musste noch ihr alter Hometrainer stehen. Es wurde Zeit, dass sie ihren Körper wieder in Form brachte.

In der Nacht war kein Neuschnee mehr gefallen. Der Sonntagmorgen brach mit frostglitzerndem Sonnenschein an, der Mariella an die Winter der Kinderzeit erinnerte. Wie oft war sie am Fluss den Hang hinab gerodelt. Auch jetzt musste sich dort ein halbes Dutzend Kinder tummeln. Wenn sie in den aufstiebenden Schnee fielen, lachten sie. Ihre hellen Stimmen waren bis ins Dorf zu hören. Wie im Sommer das stete Bimmeln von Kuhglocken, trug sie der Wind durch die eiskalte, klare Luft. Sie gehörten zum festen Bestandteil eines Sabnitzer Winterwochenendes, das eine ganz eigene Geborgenheit in Mariella weckte.

Sie gähnte und streckte die Fußspitze unter der Bettdecke hervor in den hellen Sonnenstreifen, der sich vom unteren Teil des Bettes bis zum Kleiderschrank zog und der das Schlafzimmer in zwei Hälften teilte. Kalte Luft drang durch das spaltbreit geöffnete Fenster. Mariella erschauerte und zog den Fuß unter das Federbett zurück. Sofort tauchte Juan in ihrem Blickfeld auf. Nicht zum ersten Mal vermutete sie, dass der Hund über ein besonders ausgeprägtes Gespür verfügen musste. Kaum regte sie sich, schaute er auf, selbst wenn er bis dahin noch tief und fest neben ihr auf der roten Decke in seinem Körbchen geschlafen hatte, als wäre ihm der Rest der Welt egal.

»Komm her, mein Kleiner.« Zärtlich kraulte sie das Fell rund um seine Ohren. Juan schmiegte den Kopf in ihre Handfläche und schloss die Augen.

Die Zeiger des altmodischen Weckers auf dem Nachttisch zeigten neun Uhr, um diese Zeit war Mariella gewöhnlich längst aufgestanden, heute jedoch fühlte sie sich alles andere als ausgeruht.

Am vergangenen Abend war sie noch einmal zu Oshold gegangen und hatte geläutet. Wieder hatte er nicht geöffnet. Daraufhin war sie über den Zaun geklettert und hatte an die Tür geklopft. Dann hatte sie ihr Ohr dicht an das Holz gepresst und gelauscht. Das war der Moment, in dem sie die Musik gehört hatte, also war Oshold daheim, und sie hätte beruhigt sein müssen. Aber sie war es nicht.

Mariella kroch tiefer unter das dicke Federbett und grübelte. Seit sie denken konnte, waren in Sabnitz die Apothekerfrauen so etwas wie die gute Seele des Dorfes gewesen. Gewiss hätte das Pfarrer Kobel abgestritten, doch es war nicht zu leugnen, dass schon ihre Mutter wie auch die Großmutter sich um die anderen im Dorf gesorgt hatten. Sie hatten zugehört, wenn die Leute ihnen von ihren Sorgen und Nöten erzählten, und dabei auch auf Dinge geachtet, die dabei verschwiegen wurden, und dann hatten sie einfach gehandelt, ohne ein Aufheben davon zu machen. Bei großen und kleinen Problemen, immer waren die Rabnerfrauen zur Stelle gewesen. Eine Bürde, die Mariella nie gewollt hatte.

Was wohl Mutter wegen Oshold getan hätte?

Mariella seufzte, und sofort war Juan auf den Beinen und wedelte mit dem Schwanz, als wollte er sie trösten. Sie schlug die Decke zurück und schwang sich aus dem Bett.

Eine halbe Stunde später saß sie mit Jeans und einem warmen Strickpullover bekleidet in der Küche. Lore war anscheinend schon unterwegs, aber sie hatte Pfefferminztee gekocht und Brötchen aufgebacken. Während Marielle aß, kehrten ihre Gedanke zu Oshold zurück. Er hatte das Radio angehabt, den Fernseher oder eine CD, und es war gut möglich, dass die laute Musik ihr Klingeln und Klopfen übertönt hatte. Oshold hatte sie einfach nicht gehört. Oder hören wollen, was letztendlich aufs Gleiche rauskam.

Die Haustür klappte, kurz darauf kam Lore herein. »Guten Morgen, du Langschläferin.«

Mariella lächelte. »Jetzt bin ich munter.«

»Ist wohl gestern spät geworden.«

»Wie meinst du das?«

»Ich dachte, du warst aus.« Lore nahm eine Tasse Tee und setzte sich Mariella gegenüber an den Tisch.

»War ich nicht.«

»Nicht?«

»Nein, wie kommst du darauf? Ich war hier.«

Lore trank, dann setzte sie die Tasse ab, als hätte sie Angst, sie zu zerbrechen. »Schade.«

»Was soll das denn nun wieder heißen.«

»Kannst du es dir nicht denken? Wenn ich erst ausgezogen bin, bleibst du ganz allein zurück. Du solltest wirklich endlich was unternehmen, um dir einen Mann zu angeln. Geh raus, tanzen oder so. Hauptsache, du sitzt nicht immer nur zu Hause rum. Hier taucht nämlich keiner einfach so auf.«

»Außer in der Apotheke«, erwiderte Mariella.

»Das sind doch nur Kunden.«

»Manche sind attraktiv und flirten sogar mit mir«, murmelte Mariella. Gleich darauf biss sie sich auf die Zunge. Zu dumm, dass ihr das rausgerutscht war. Jetzt würde Lore neugierig sein.

Lore rückte näher. »Ein attraktiver Typ, der geflirtet hat? Wer denn? Einer aus dem Dorf? Kenne ich ihn? Mein Gott, Mariella, lass dir doch nicht alles aus der Nase ziehen.«

Mariella blieb nichts übrig, als Lore von dem Unbekannten zu erzählen. »Eigentlich ist nichts passiert«, wiegelte sie ab und schob die Schmetterlinge in ihrem Bauch schnell beiseite.

»Oh Mann, da läuft dir endlich einer über den Weg, und du vergeigst es. Warum hast du nicht nach seiner Telefonnummer gefragt? Was stimmt nicht mit dir?« Lore schüttelte den Kopf.

Mariella zuckte mit den Schultern. Vielleicht war sie altmodisch, aber nie im Leben würde sie bei einem Mann den ersten Schritt machen. »Ich gehe mit Juan spazieren. In die Heide. Kommst du mit?«

Aber Lore hatte ihrem Vater versprochen, im Eiscafé zu helfen, so dass Mariella ohne sie loslief.

Gleich hinter dem Dorf begannen die Ausläufer der Dübener Heidelandschaft, flache Wiesen und Felder, die bis zu den Kiefern und Laubbäumen am Waldesrand reichten.

Mariella schritt forsch aus, und als sie auf den Feldweg hinter der Kirche bog, ließ sie Juan von der Leine. Im Sommer blühte hier der Raps, jetzt lagen die Felder unter einer dichten Schneedecke verborgen, in der Juan bei jedem Sprung versank. Laut kläffend sprang der Mischlingsrüde herum, in eine Wolke aus Eiskristallen gehüllt, in der sein strohfarbenes Fell kaum zu erkennen war. Ab und zu blieb er stehen und wühlte seine Nase in den Schnee, so tief, dass sogar die Schlappohren nicht mehr zu sehen waren. Vermutlich witterte er die Mäuse, von denen es unter der Erde nur so wimmelte.

Der Himmel strahlte in leuchtendem Blau, eine Postkartenidylle, wie sie nicht besser sein konnte. Mariella reckte das Gesicht in die Sonnenstrahlen und genoss die sanfte Wärme. Tief atmete sie ein. Die frische Luft tat gut, sie vertrieb die quälenden Gedanken, und zum ersten Mal seit Tagen fühlte sich Mariella wieder unbeschwert und frei.

Die kleine Holzbrücke kam in Sicht, sie führte über den Bach zu einer Gabelung. Beim Überqueren rutschte Mariella auf den vereisten Holzbohlen aus, und beinahe wäre sie gestürzt, doch es gelang ihr, sich gerade noch abzufangen.

An der Gabelung war ein schmales Schild an einen Baumstamm genagelt war, es wies in zwei Richtungen: nach Osten zur Heidebaude und nach Westen Richtung Schnaditz. Seit dem letzten Sommer war sie nicht mehr in der Heidebaude gewesen. Damals hatte sie mit Hanna Bruckner, der Chefin, über den Gästeansturm nach der Beerdigung des ersten Mordopfers gesprochen. Da Mariella keine Lust auf ein Zusammentreffen mit Hanna hatte, wählt sie den Weg, der nach Schnaditz führte, dem kleinen Dorf am Fluss.

Nach einem Marsch von zwanzig Minuten hatte sie den Saum des Waldes erreicht. Parallel zu den Bäumen waren breite Reifenspuren zu sehen, hinterlassen von den schweren Fahrzeugen der Forstarbeiter vielleicht. In den flachgewalzten Furchen lief es sich weit leichter als im tiefen Schnee. Nach weiteren zehn Minuten hörte Mariella lautes Motorengeräusch, das jedoch an der Wegbiegung vor ihr erstarb.

Juan war ihrem Pfiff gefolgt und trottete widerwillig hinter ihr her, immer wieder stehenbleibend, um an Buschwerk oder an einem aus dem Schnee ragenden Ast zu schnuppern. Vorsorglich nahm Mariella ihn an die Leine, denn nicht jeder Wanderer mochte es, von einem Hund angesprungen zu werden.

Sie lief um die Biegung und erkannte, dass es kein Ausflügler war, der mit seinem Auto auf dem Weg stand, sondern Martin Gruber mit seinem dunkelgrünen Geländewagen. Gruber bewirtschaftete den Wald des Schlossherrn Arno von Weiden aus dem Nachbarort, wobei von Weiden gleichzeitig der Vater von Martins Frau Veronika war. Im Mordfall Pia Zein war Gruber der Hauptverdächtige gewesen, später jedoch hatte sich seine Unschuld herausgestellt.

Er war ein junger, kräftiger Mann mit einem flachen Gesicht und der Figur eines Ringers. Seine schweren Hände ließen erkennen, dass er anpacken konnte, und das musste er als Förster auch. Mariella hatte ihn schlanker in Erinnerung, aber vielleicht lag es nur an der Wattejacke, dass er fülliger wirkte.

»Hallo, Martin. Lange her, dass wir uns gesehen haben. Wie geht es dir?«

»Muss ja, und selbst?«

»Danke, soweit okay. Was macht Veronika?«

Seit einigen Monaten versorgte sie Grubers Frau mit einem Medikament, das den Eisprung auslösen sollte. Geholfen hatte es bislang noch nicht, dabei wünschten sich die Grubers schon lange ein Kind.

»Alles wie immer«, sagte Gruber. Ein Schatten flog über sein Gesicht.

»Das wird schon, ihr müsst Geduld haben.«

Gruber öffnete die Rückklappe des Jeeps und holte eine Motorsäge heraus. In seinen Händen wirkte das schwere Gerät wie ein Spielzeug, und unwillkürlich musste Mariella daran denken, dass sie ihn im letzten Sommer eine Zeitlang für einen Mörder gehalten hatte. Jetzt schämte sie sich dafür.

»Nichts für ungut, Mariella, ich muss weiter.« Martin Gruber wartete nicht auf ihre Antwort, sondern knallte die Tür zu und verschwand mit der Säge unter den Bäumen.

Sechs

Licht sickerte durch die engen Ritzen zwischen den Lamellen der Aluminiumjalousien. Hütter wärmte die Hände an einem Kaffeebecher. Siebel war noch nicht im Dienst, er hatte den Kaffee aus dem Automaten gezogen. Ein widerliches Gesöff, aber geeignet, um sich daran festzuhalten. In wenigen Minuten würden die Mitglieder der SOKO eintreffen. Tom Krammel, Luis Matula und ein paar weitere Polizisten, die Trumm herbeigezaubert hatte. Als Unterstützung für alle Routineermittlungen, wie es offiziell hieß.

Kann es sein, dass Sie als Ermittlungsleiter überfordert sind, Hütter?

Trumms Frage summte wie eine gereizte Biene in seinem Kopf herum.

Er trat ans Fenster, fuhr die Jalousie nach oben und setzte sich auf das Fensterbrett. Der Raum glich dem Zimmer, in dem gewöhnlich die Lagebesprechungen abgehalten wurden, nur war er kleiner. In der Mitte stand ein ovaler Tisch für zehn Personen, für mehr war kein Platz. Weder hingen Bilder an den Wänden, noch gab es Zimmerpflanzen. Es war ein seelenloser Raum ohne die geringste Ablenkung. Effizienz - das war es, was Hütter dazu einfiel.

Die Kollegen polterten herein, und er setzte sich auf den Stuhl an der Stirnseite des Tisches. Tom Krammel saß links von ihm, Matula rechts. Sebastian Tutzler hatte sich in der Nähe der Tür platziert. Drei Streifenpolizisten verteilten sich an den Längsseiten des Tisches, dazwischen hockte Natalie Saalmüller. Hütter kannte die junge Frau von früher und nickte ihr zu.

Er blickte in die Runde. »Guten Morgen, miteinander. Bevor wir an die Aufgabenverteilung gehen, fasse ich den Stand des Verfahrens kurz zusammen: 30.11., 3.00 Uhr morgens, Leichenfund auf der Landstraße 183 A, konkret zwischen Delitzsch und Bad Düben in Höhe Abzweig Laue. Der Tote ist männlich, Mitte dreißig, keine besonderen Merkmale. Die Todesursache sind drei Löcher im Kopf, dazu gibt es zahlreiche Messerstriche und Foltermerkmale wie Brandspuren und Hämatome an Körper. Außerdem wurde er von einem LKW überrollt und ein Stück mitgeschleift.«

»Identität?«, fragte Luis Matula knapp. Seine hohe Stirn glänzte im Neonlicht.

»Negativ. Wir wissen nicht, wer der Tote ist, noch woher er kam. Aber er hatte vor seinem Tod mit jemandem Körperkontakt. Wir haben fremde DNA an seiner Kleidung sichergestellt, und der Vergleich mit der zentralen Datenbank hat einen Treffer ergeben. Der Name der Kontaktperson ist Dennis Angerer, Meldeadresse Küchenholzgasse 7 in Leipzig. Am Wochenende waren Kollegen vor Ort, haben ihn aber nicht angetroffen.«

»Angerer ist der Polizei kein Unbekannter, er hat eine Historie«, ergänzte Krammel. »Vor zwei Monaten wurde er aus der Justizvollzugsanstalt Berlin-Moabit entlassen.«

»Weswegen hat er gesessen?«, fragte Natalie Saalmüller.

»Schwerer Raubüberfall,« antwortete Hütter. Er schaute zu Matula hinüber. »Luis, du siehst dich am besten mal in Angerers Wohnumfeld um. Klappere alles ab, wo man den Mann kennen könnte. Kneipen, Geschäfte. Vielleicht hat ihn jemand gesehen oder mit ihm gesprochen und weiß, wo wir ihn erwischen können, oder jemand hat einen Tipp, mit wem er verkehrt.«

Heiko Grützner, ein junger Mann, der noch nicht lange bei der Polizei war, hob die Hand. »Wir könnten die Wohnung observieren.«

»Gute Idee, aber dafür fehlt uns das Personal. Außerdem gibt es keinen Fahndungsbeschluss. Ich will mit Angerer nur reden, nichts weiter.« Jedenfalls so lange nicht feststand, ob er etwas mit dem Tod des Unbekannten zu tun hatte.

»Was ist mit der Familie?«, fragte Mosmann, ein korpulenter Mittvierziger, den Hütter nur vom Sehen kannte. »Angerer ist ein Einzelkind, seine Eltern sind tot, aber es gibt da noch einen Onkel, der in den Staaten lebt, in Seattle. Wir haben die Flughäfen überprüft, Dennis Angerer hat das Land nicht verlassen.«

»Wenn du die Telefonnummer des Onkels hast, rufe ich ihn an und frage nochmal nach«, erbot sich Natalie Saalmüller. »Für den Fall, das sich Dennis Angerer bei ihm gemeldet hat. Wir können nicht ausschließen, dass der Onkel etwas über ihn weiß. Kontakte, Gewohnheiten, Dinge, über die man eben in der Familie spricht.«

Hütter hatte bereits Bruno Siebel gebeten, sich mit dem Onkel in Verbindung zu setzen. Die junge Saalmüller könnte Siebel entlasten. »Frag Siebel, der wird dir die Nummer geben.«

Krammel teilte Fotos von Angerer aus, die er dessen Polizeiakte entnommen hatte. Sie zeigten einen athletischen Mann mit leicht zusammen-gekniffenen Augen und einem Blick, als würde er sich über den Fotografen amüsieren.

Hütter löste die Beratung auf.

Sie rückten in voller Besetzung im südwestlichen Teil von Leipzig an, wo sich die Küchenholzgasse befand. Hütter und Krammel in dessen SUV, Matula und die drei anderen Polizisten in einem Streifenwagen. Vor dem Haus mit der Nummer 7 stoppten sie und stiegen aus. Hütter schaute sich um. Der schiefe Holzzaun, der das Grundstück von einem schmalen Fußweg trennte, war alt, abgenutzt und kaputt. Der Weg dazwischen war von Unkraut überwuchert. An einem Pfosten, an dem einst ein Abfallbehälter angebracht gewesen war, befand sich nur noch ein Teil des Deckels, der an einem Scharnier baumelte. Der Behälter sowie der Rest des Deckels schienen schon längere Zeit zu fehlen, denn das Scharnier war voller Rost.

Matula faltete umständlich einen Stadtplan auseinander und breitete ihn auf der Motorhaube des Streifenwagens aus. Dann teilte er das Areal in vier Teile auf, für jeden der drei Polizisten eins, das vierte für sich selbst. Er hatte für sich das größte Gebiet gewählt.

Hütter und Krammel gingen indessen in das Haus. Es war ein hässliches Mietshaus mit einer grau getünchten Fassade und grauen Rahmen an den Fernstern und an der Tür. Im Treppenhaus roch es nach Schmutz und nach angebranntem Essen. Insgesamt gab es acht Mietparteien, auf jedem Stockwerk zwei. Wie die Namensschilder an den Türen verrieten, wohnte Angerer ganz oben auf der linken Seite. Die Wohnung auf dem Treppenabsatz gegenüber stand leer.

Tom Krammel schellte, doch entweder war Angerer nicht zu Hause, oder er wollte ihnen nicht öffnen. Obwohl Krammel den Klingelknopf minutenlang gedrückt hielt, blieb es hinter seiner Wohnungstür still.

Hütter und Krammel teilten sich auf, um die Hausbewohner zu befragen. Eine Stunde später waren sie fertig, und nach wie vor gab es keinen Anhaltspunkt, wo sich Dennis Angerer aufhalten mochte. Die Hausbewohner hatten ihn unisono als ruhigen und höflichen Mann bezeichnet, der keinen Ärger machte und im Übrigen nur selten zu Hause war.

»Der Raub, wegen dem der Angerer in Haft war, hat in einem Juweliergeschäft im Allee-Center stattgefunden. Mal sehen, ob sich der Inhaber an etwas erinnert, was nicht in Angerers Akte steht«, sagte Hütter.

»Dann nichts wie hin.« Ohne sich nach Hütter umzudrehen, eilte Krammel zum Wagen. Hütter blieb nichts übrig, als ihm zu folgen.

Das Einkaufscenter lag im Stadtteil Grünau, doch es hätte überall in Deutschland stehen können. Auf zwei Etagen reihte sich Geschäft an Geschäft, und Rolltreppen beförderten Kauflustige hinauf und hinab. Es war ein ständiges Kommen und Gehen, und Veit Hütter fragte sich, wieso jemand glauben konnte, dass in dem lebhaften Gewühle ein Überfall unbemerkt bleiben würde.

Das Juweliergeschäft befand sich in der zweiten Etage. Es war ein riesiger Eckladen mit zwei Schaufenstern, in denen Schmuck und kostbare Uhren um die Wette glänzten. Im Inneren gab es noch mehr Glas und Glanz, beleuchtet von Neonlicht und punktuell angebrachten LED-Spots, deren Schein sich auf dem blanken Fußboden spiegelte. Hinter den Verkaufstheken standen zwei junge Verkäuferinnen, beide blond und ausnehmend attraktiv in ihren streng geschnittenen weinroten Kostümjacken und Bleistiftröcken. Sie erinnerten Hütter an Flugbegleiterinnen. Es fehlten nur die Halstücher.

Hütter trat auf die größere der Frauen zu und zückte seinen Polizeiausweis. Aus der Nähe sah er, dass sie doch nicht mehr so jung war, wie er zunächst gedacht hatte. Ihr Make-up konnte die Fältchen in ihren Augenwinkeln nicht verbergen.

»Guten Tag. Wir sind von der Kriminalpolizei. Veit Hütter ist mein Name. Polizeikommissar Tom Krammel und ich, wir haben einige Fragen an den Geschäftsführer. Ist er da?«

»In welcher Angelegenheit?«

»Das möchte ich ihm lieber selbst sagen.«

Die Frau runzelte die Stirn und verschwand hinter einem Vorhang, der die gleiche Farbe hatte wie ihr Kostüm. Vermutlich war er sogar aus dem gleichen Stoff gefertigt. Wenig später kam sie zurück und öffnet den Vorhang gerade weit genug, dass die Kommissare hindurchschlüpfen konnten. »Gehen Sie den Gang entlang, es ist die letzte Tür auf der rechten Seite.«

Die Tür bestand aus grauem Stahl, schmucklos und wenig einladend. Auf einem kleinen Schild in Augenhöhe stand der Name *Kohlmann*. Hütter klopfte und trat ein, ohne auf eine Aufforderung zu warten. Krammel folgte ihm. An einem zierlichen Schreibtisch aus poliertem Mahagoni saß eine ältere Frau, die eine Zeitung vor sich ausgebreitet hatte. Während sie die Zeitung sorgfältig zusammenfaltete, schaute sie fragend auf. Hütter schätzte sie auf fünfzig, aber sicher war er sich nicht. Sie hätte ebenso gut zehn Jahre älter sein können, vielleicht sogar mehr. Ihre Haut war gepflegt, und er vermutete, dass sie mit Schönheitsbehandlungen nachhalf, denn ihr Gesicht war faltenlos. Die Haut an ihrem Hals hingegen hing schlaff herunter und ließ ihn an einen Truthahn denken.

»Womit kann ich Ihnen helfen«, fragte sie.

»Sie sind der Boss?«, vergewisserte er sich.

»So ist es.« Sie reichte erst ihm und dann auch Krammel die Hand. »Ich bin Monika Kohlmann. Meine Mitarbeiterin hat mir gesagt, dass Sie von der Polizei sind. Können Sie sich ausweisen?«

Hütter reichte ihr seinen Dienstausweis, und sie studierte ihn, als würde sie ihn auswendig lernen. Dann gab sie ihn zurück.

»Setzen Sie sich.« Kohlmann wies auf eine Sitzecke, die aus einem niedrigen Glastisch und drei unterschiedlichen Cocktailsesseln bestand, von denen keiner bequem wirkte. Ähnliche Stücke hatte Hütter vor Jahren in einer Ausstellung für angewandte Kunst gesehen. Vorsichtig nahm er Platz.

Krammel schien weniger Bedenken zu haben, er ließ sich auf den Sitz fallen, dass der knirschte.

Kohlmann verzog keine Miene. »Nochmals, was wollen Sie?«

»Das Geschäft wurde vor ungefähr fünf Jahren überfallen. Zu der Zeit war Herr Heinz Krämer der Geschäftsführer.«

»Er ist im letzten Jahr verstorben.«

»Laut der Ermittlungsakte waren Sie ebenfalls damals vor Ort. Erinnern Sie sich an den Überfall?«

»Wie könnte ich den je vergessen.« Kohlmann schlug die Beine übereinander und zog den Saum ihres Rockes zurecht. »Es war abends, wir hatten schon geschlossen, und alle waren gegangen. Ich saß noch über der Abrechnung, da krachte es, als hätte eine Bombe eingeschlagen. Es kam von draußen, aus dem Geschäft. Ich bin sofort nach vorn gelaufen, und da habe ich sie gesehen. Die Verbrecher, meine ich.«

»Können Sie bitte nochmals beschreiben, wie sie ausgesehen haben«, fragte Krammel.

»Na ja, ich konnte nicht viel erkennen, es ging alles so schnell. Ich erinnere mich aber, dass sie Sonnenbrillen trugen. Und Tücher, die die untere Hälfte der Gesichter verborgen haben.«

Die Aussage deckte sich mit den Angaben, die Hütter in der Polizeiakte gelesen hatte.

»Die zwei sahen richtig gefährlich aus«, fuhr Kohlmann fort. »Einer kam sofort auf mich zu, er hatte ein Messer in der Hand, und plötzlich lag ich auf dem Bauch auf dem Boden, ich weiß bis heute nicht so recht, wie ich dorthin gekommen bin. Vermutlich hat er mich gestoßen. Jedenfalls kniete er auf meinem Rücken, und ich spürte die kalte Schneide an meinem Hals.«

Kohlmanns Finger zitterten, ein wenig nur, aber Hütter sah es trotzdem. »Er hat Sie nicht verletzt.«

»Nein, aber physische Schmerzen sind nicht das Schlimmste. Viel schlimmer ist das Gefühl, ausgeliefert zu sein und nichts dagegen tun zu können. Diese Ohnmacht. Das ist demütigend, verstehen Sie?«

»Einer der Täter wurde vor kurzem aus der Haft entlassen«, sagte Hütter. »Es ist möglich, dass er sich irgendwann wieder hier im Einkaufscenter aufhält. Passen Sie bitte auf, und wenn Sie ihn sehen sollten, rufen Sie mich an, ja?« Er reichte ihr eine Karte mit seiner Telefonnummer.

»Glauben Sie etwa, er will ein zweites Mal bei uns einbrechen?«

Es war nicht auszuschließen, dass Täter an den Ort ihres Verbrechens zurückkehrten.

»Wir haben nur ein paar Fragen an ihn«, wich Hütter aus.

Gegenüber dem Juwelier war ein Schnellimbiss, dessen Aushänge asiatische Gerichte von Suppe bis Sushi anpriesen. Tom Krammel steuerte zielstrebig darauf zu. »Es ist Mittagszeit, ich muss etwas essen, sonst kippe ich um.«

Hütter hob die Schultern. »Na gut, aber sehen wir zu, dass wir nicht allzu viel Zeit verlieren.«

Sie bestellten Hühnchen und setzten sich an einen Tisch. Es dauerte keine zehn Minuten, bis das Essen kam.

»Du siehst müde aus«, sagte Hütter zwischen zwei Bissen.

»Ich schlafe schlecht.«

»Liegt es an dem Fall?«

»Um Gottes willen, nein.«

»Woran dann?«

»Wahrscheinlich steckt noch ein Rest Grippe in mir.«

Hütter nickte langsam. Verdammter Mist. Sie steckten mitten in einem Fall, der noch dazu seine Feuertaufe war. Er brauchte jede Hilfe, die er kriegen konnte. »Du weißt, wie wichtig es für uns alle ist, den Landstraßenmörder zu schnappen.«

Diesen Namen hatte Saalmüller erfunden. Für Hütter klang er wie der Titel eines Filmes.

»Das musst du mir nicht sagen, ich bin Polizist,

wenn auch ein müder.« Krammel grinste schief, zerknüllte seine Papierserviette und warf sie auf den Teller. »Hast du einen Plan, wie es weitergeht?«

»Wir fahren in die JVA. Häftlinge erzählen sich untereinander eine Menge, vielleicht kriegen wir einen Tipp, wo Angerer sein könnte.«

Wieder hatte es geschneit, so dass Krammel erst die Scheiben seines Wagens freikehren musste, bevor sie losfahren konnten. Die Streufahrzeuge waren schon durch, sie hatten dunkle Streifen auf der Straße hinterlassen, an der sich rechts und links kniehohe Schneehaufen türmten. Kaum aus Leipzig raus, änderte sich das Bild. Die Auffahrt zur Autobahn und ebenso die A9 waren sauber geräumt, keine Krume lag auf dem Asphalt, so dass Krammel kräftig Gas geben konnte.

Knapp zwei Stunden später hatten sie Berlin erreicht. Die Justizvollzugsanstalt befand sich in Moabit, einem Ortsteil, der eingebettet zwischen diversen Kanälen und der Spree eine Gegend mit viel Wasser und Grün bildete. Die JVA befand sich auf einem Gelände, das schon seit Ende des 19. Jahrhunderts für die Inhaftierung von Sträflingen genutzt wurde. Soweit sich Veit Hütter erinnerte, hatten die Gebäude ursprünglich zudem eine Krankenstation und Gerichtssäle beherbergt, doch diese waren seit dem zweiten Weltkrieges fast völlig zerstört. Als Ersatz waren neue Häuser hinzugekommen, die Platz für knapp eintausend Insassen boten. Die meisten Männer gingen einer Beschäftigung nach, so auch Angerer, der in der Küche gearbeitet hatte, wie Veit Hütter und Tom Krammel vom Leiter der JVA erfuhren.

Dr. Zahler war ein kräftiger Mann mit großen Zähnen und braunen, gütig blickenden Augen. »Ein Vollzugsbeamter begleitet Sie in die Strafhaftabteilung«, sagte er auf die Bitte von Hütter, ob sie mit jemandem reden könnten, der Angerer kannte. »Erhoffen Sie sich aber nicht zu viel von einem Gespräch. Die Männer haben einen strengen Ehrenkodex.« Er griff zum Telefon und bat einen Herrn Laubner zu kommen. Kurz darauf traf Laubner ein, ein untersetzter Mittfünfziger, dessen Hemd über dem Bauch spannte. Er führte Hütter und Krammel über das Gelände.

»Nächsten Monat werden es einundzwanzig Jahre, dass ich hier arbeite«, erklärte er. »Bei einer so langen Zeit kennt man sich aus. Wegen Dennis Angerer sind Sie hier, haben Sie gesagt?«

Hütter nickte.

»Der wurde vor einem halben Jahr entlassen.«

»Das wissen wir«, sagte Krammel. »Wir wollen nicht zu ihm, sondern zu jemandem, der mit ihm engen Kontakt hatte. Arbeitskollege oder Freund. Insassen eben.«

»Spontan fällt mir da Begini ein. Mit dem war Angerer dicke zusammen. Momentchen, ich hole ihn.« Laubner ließ sie in einem karg möblierten Besucherraum warten.

»Begini«, brummte Krammel, »hört sich wie ein Magier an.«

»Houdini, meinst du wohl«, sagte Veit Hütter. Wenig später kam Laubner in Begleitung eines jungen Mannes zurück. »Darf ich vorstellen? Das ist Carlo Begini. Fragen Sie ihn, was Sie wissen möchten.«

Hütter musterte den Jungen. Carlo hatte tiefschwarzes Haar und ein gebräuntes Gesicht mit feinen Zügen und grauen, intelligenten Augen, die weit auseinander standen. Ein Typ, der viele Freunde in einem Knast haben konnte, wo die Männer meistens einsam waren.

»Kennen Sie Dennis Angerer?«

Carlo nickte. »Ziemlich gut sogar.«

»Wie gut genau?«

»Wollen Sie wissen, ob wir gefickt haben? Klar haben wir das, was denken Sie denn.«

»Hat er Ihnen etwas über sich erzählt? Was er machen will, wenn er rauskommt, oder wo er leben will?«

»Klar.« Carlos Grinsen offenbarte eine Lücke rechts neben seinen oberen Schneidezähnen, die neu aussah. Vielleicht hatte er doch nicht nur Freunde in der JVA. »Dennis wollte nach Leipzig. Da hat er eine Bude, aber das wissen Sie bestimmt schon.«

»Hat er je von seinem Partner gesprochen? Der, mit dem er den Raub begangen hat, wegen dem er verurteilt wurde?«, wollte Krammel wissen.

»Möglich, aber daran erinnere ich mich nicht. Warum wollen Sie das überhaupt wissen? Er hat seine Strafe abgesessen, lassen Sie ihn in Ruhe, und mich auch.« Carlo wandte sich zum Gehen.

»Einen Augenblick noch, Herr Begini«, sagte Hütter. »Wir möchten nur mit Herrn Angerer reden, nichts weiter. Wenn er also mit Ihnen Kontakt aufnehmen sollte, Ihnen schreiben oder Sie anrufen, dann geben Sie mir bitte Bescheid, ja?«

Hütter reichte Carlo seine Visitenkarte. Ohne einen Blick darauf zu werfen, verstaute Carlo sie in seiner Hosentasche. »Darf ich endlich zurück zu meiner Arbeit gehen?«

»Natürlich.«

Laubner, der während der Befragung wortlos neben der Tür gewartet hatte, führte Begini ab.

Hütter und Krammel befragten noch neun weitere Insassen, aber niemand wusste, wo Angerer jetzt war. Oder sie wollten es ihnen einfach nicht sagen. Ehrenkodex, hatte sie Dr. Zahler gewarnt. Sie hatten nichts. Nothing. Niente.

In den zehn Jahren, die Luis Matula inzwischen Polizist war, hatte er in den unterschiedlichsten Mordkommissionen mitgearbeitet, überwiegend unter der Leitung von Norbert Breitmann. Ein harter Hund war er, der Oberkommissar. Als Matula ihn kennengelernt hatte, war Breitmann sturzbesoffen gewesen. Damals war Matula noch Taxifahrer gewesen. Breitmann hatte sich in sein Taxi gesetzt und vor sich hin gelallt. Matula hatte kein Wort verstanden, aber sofort kapiert, dass sein Fahrgast am Arsch war. Als Taxifahrer lernte man schnell, Menschen einzuschätzen, manchmal auf die harte Tour, aber das war bei Breitmann nicht nötig gewesen. Der hatte nicht randaliert und auch keinen Streit gesucht. Der hatte nur Hilfe gebraucht, und Matula hatte sie ihm gegeben, indem er den Kommissar nach Hause gefahren hatte. Die Wohnadresse hatte Matula Breitmanns Personalausweis entnommen, und als er ihn durch die Wohnungstür geschoben hatte, war ihm sofort klar gewesen, warum sich einer wie der Oberkommissar betrank. Auf dem Küchentisch hatten Fotos gelegen, von einem Mädchen. Die Kleine war etwa zehn Jahren, und auch ein Ungeübter konnte erkennen, dass sie tot war.

Matula hatte einen starken Kaffee gebraut und Breitmann das heiße Getränk löffelweise eingeflößt. Stockend erst, dann immer schneller hatte Breitmann ihm erzählt, dass die Kleine das Opfer eines Entführers war, den er beinah gestellt hatte. Aber eben nur beinah, und genau das hatte ihn aus der Bahn geworfen. Breitmann war dem Täter auf den Fersen, hatte ihn eingekreist und den Zugriff geplant, doch er war zu spät gekommen. Zehn Minuten nur, doch die hatten genügt, um die Kleine zu verlieren.

Die ganze Nacht lang hatte Matula nichts anderes getan, als Breitmann zuzuhören und dafür zu sorgen, dass der Kaffee nicht alle wurde. Am nächsten Tag hatte er das Taxifahren aufgegeben und sich bei der Polizeischule beworben.

Knapp zwei Jahre später war er Breitmann in der PD in Leipzig erneut begegnet, und im Laufe der Zeit hatte er ihn nie wieder betrunken erlebt, doch er ahnte, wie dünn das Eis war, auf dem sich Breitmann bewegte. Jeder Fall zerrte an den Nerven des Chefs der Sonderkommission, und jetzt war es Hütter, der damit fertig werden musste, die jüngere Ausgabe des Kommissars.

Matula rieb seine hohe Stirn. Das Geschäft auf der gegenüberliegenden Straßenseite war das letzte, das er noch aufsuchen musste, in der Hoffnung, etwas über den Aufenthalt von Dennis Angerer zu erfahren, obwohl Matula ahnte, dass er auch dort keinen Erfolg haben würde. Es war ein Spielzeugladen. Fünfhundert Quadratmeter vollgestopft mit Puppenkram, Plüschtieren und Gesellschaftsspielen, ein Paradies für Kinder. Angerer hatte keine Kinder. Matula auch nicht. Er hatte nicht einmal eine Frau.

Der Verkaufsstellenleiter war mittleren Alters, trug aber Klamotten, die aus einem bei Jugendlichen angesagten Shop stammen mochten. An den Oberschenkeln zerfetzte Jeans, die aussahen, als hätten sie schon auf den Hüften mehrerer Generationen gehangen, dazu ein Pulli mit einem Stern auf der Vorderseite, der aus aufgenähten Pailletten bestand, die blau oder rot schillerten, je nachdem, in welche Richtung sie zeigten. Er hieß Erich Wasner. Nach einem Blick auf das Foto, nickte er. »Der war schon mal hier.«

»Sind Sie sicher?«

»Ja.«

Wasner nickte wieder, diesmal energisch, und Matula nahm sich vor, nie wieder voreilig einen potentiellen Erfolg anzuzweifeln.

»Wann war das?«

»Vor zwei, drei Wochen ungefähr. Ich erinnere mich an ihn, weil er eine Sonnenbrille gekauft hat. Das ist ungewöhnlich für diese Jahreszeit, schließlich haben wir Winter. Noch ungewöhnlicher war, dass er ein altes Exemplar dabeihatte, eines aus Vollplastik, an dem ein Bügel gefehlt hat. Er suchte das gleiche Modell, kein anderes.«

»Was war daran so besonders?«

»Es war eine Spielzeugbrille, und ich finde es komisch, wenn ein Mann ausgerechnet so etwas will. Sie nicht?«

Matula konnte Wasner nur beipflichten, doch stattdessen fragte er: »Hat er Ihnen erzählt, wofür er die Brille brauchte? Vielleicht wollte er verreisen? In den Süden?«

»Sie meinen, ob er sich mit der Brille gegen die Sonne schützen wollte?« Wasner schüttelte den Kopf. »Das kann ich mir nicht vorstellen. Ich sagte ja bereits, dass es eine Spielzeugbrille war. Und nein, er hat nichts von einer Reise erzählt. Er hat auch nichts anderes gesagt, sondern nur nach der Brille verlangt.«

»Erinnern Sie sich, ob er vielleicht schon früher mal etwas bei Ihnen gekauft hat?«

»Den habe ich noch nie hier gesehen, das steht fest. Warum fragen Sie?«

»Ich suche ihn, mehr nicht.«

Sieben

Abends um acht brannte noch immer Licht in der Apotheke. Mariella hatte die letzten zwei Stunden damit verbracht, den Bestand der Medikamente, der Heilmittel und der übrigen Verkaufsartikel zu überprüfen. Die jährliche Inventur war etwas, vor der ihr jedes Mal grauste, doch sie war eine Sache, die getan werden musste. Ein wenig war Mariella erschrocken, dass bei vielen Waren das Verbrauchsdatum schon abgelaufen war. Das betraf überwiegend die Hustenbonbons und die Bio-Säfte, die sie sonst nicht überprüfte, während sie die Arzneimittel in regelmäßigen Abständen kontrollierte. Trotzdem waren auch davon einige durch die Routineuntersuchungen gerutscht. Sie hatte die betroffenen Packungen aussortiert und in einen Karton gepackt. Während sie ihn unter der Verkaufstheke abstellte, klopfte es an der Tür. Mariella hob den Kopf und sah hinter der Glasscheibe der Eingangstür den Umriss einer großgewachsenen Person. Aus einem ersten Impuls heraus wollte sie ihr zurufen, dass sie schon geschlossen hatte, doch dann ging sie doch, um zu öffnen. Wenn ein Sabnitzer ihre Hilfe brauchte, würde sie ihn nicht abweisen.

»Sie?«, fragte sie, als sie den Fremden erkannte, der seit seinem Einkauf vor einigen Tagen immer wieder durch ihre Gedanken gegeistert war. Wie beim letzten Mal trug er Jeans und eine Lederjacke. Auch das Haar hatte er wieder zu einem Zopf im Nacken gebunden. Nur der Dreitagebart war verschwunden.

»Hallo, ich hoffe, ich störe nicht. Aber ich habe Licht bei Ihnen gesehen und dachte, Sie könnten ein bisschen Abwechslung gebrauchen. Vielleicht haben Sie Lust, im Gasthof zu Abend zu essen?«

»Im Gasthof? Eher nicht«, stotterte Mariella.

»Tja, ich eigentlich auch nicht, aber wissen Sie was?« Der Fremde lachte glucksend und beugte sich zu ihr, als wollte er sie berühren. »Ich musste Sie einfach wiedersehen.«

Mariellas Puls schlug augenblicklich ein lautes Stakkato bei dem Gedanken, dass er sie vermisst hatte. Ihr wurde warm. »Ich…äh…kommen Sie rein, sonst holen Sie sich was weg, wenn Sie noch länger in der Kälte stehen.« Indem sie voran ging, um ihn in die kleine Kochnische in den hinteren Teil des Ladens zu führen, wandte sie den Kopf und fragte: »Möchten Sie einen Tee?«

»Sehr gern.«

Als sie wenig später an dem winzigen Tisch saßen, der im Grunde nur einer Person Platz bot, nippten sie vorsichtig an den heißen Tassen.

»Der Tee schmeckt gut«, sagte der Mann. »Mir gefällt das Dorf. Wissen Sie, ob hier ein Haus zum Verkauf steht? Vielleicht das gegenüber? Es sieht verlassen aus.«

»Da wohnt der Oshold.«

»Sie könnten ein gutes Wort für mich einlegen. Sie als seine Nachbarin kennen ihn ja bestimmt schon seit einer Ewigkeit.«

Mariella lächelte. »So gut auch wieder nicht. Er lebt erst wenige Jahre hier, vier oder fünf vielleicht.«

»Trotzdem. Auf dem Dorf, quasi Tür und Tür, spricht man mehr miteinander als in der Stadt. Was wissen Sie über ihn?«

Mariella überlegte. Im Grunde wusste sie nicht viel. Roland Oshold hatte das Haus vom alten

Schnorr übernommen, und seitdem wohnte er dort. Allein. Woher er kam oder ob es Verwandte gab, darüber hatten sie nicht gesprochen. Sie wusste nicht einmal, ob er einen Job hatte. Plötzlich hatte sie das Gefühl, dass der Fremde sie aushorchen wollte. »Das Leben von Oshold geht mich nichts an«, sagte sie kurz angebunden.

Der Mann stellte seine Tasse ab und breitete abwehrend die Arme aus. »Nichts für ungut, ich war bloß neugierig.« Dann beugte er sich zu ihr, drückte ihr einen Kuss auf die Wange und ging.

Wie erstarrt saß Mariella da. Sie regte sich erst, als das Scheppern des Türgongs anzeigte, dass der Mann die Apotheke verlassen hatte. Sie hatte nicht einmal nach seinem Namen gefragt.

Achtundvierzig, neunundvierzig, fünfzig. Hütter ließ sich von der Stange fallen, die er in den Rahmen der Tür zwischen dem Flur und dem Wohnzimmer geklemmt hatte. Seine Arme zitterten, sein Atem ging keuchend. Wie es aussah, war er nicht in Form. In besseren Zeiten waren fünfzig Klimmzüge kein Problem für ihn, jetzt hingegen fühlte er sich schlapp und erschöpft. Als er beim Zubettgehen auf die Uhr geschaut hatte, war es kurz nach Mitternacht gewesen. Er hatte sich in die Decke gehüllt und unmittelbar darauf waren ihm die Augen zugefallen. Gegen vier war er aufgewacht und ins Bad getaumelt, der Körper feucht vom Schweiß und die Harre verstrubbelt und wirr. Er hatte geträumt, dass er durch eine Häuserschlucht geirrt war auf der Suche nach einem Mann, dessen Gesicht unter einer Maske verborgen war. Die Maske war schwarz gewesen mit großen gebogenen Hörnern über der Stirn und mit verfilzten Büscheln. Masken dieser Art kannte er von den Perchten, den gefürchteten Gestalten, die in den Raunächten auch in Franken um die Häuser zogen und die Menschen erschreckten. Früher zumindest. Er war der Spur des Perchtenläufers gefolgt, weil er ihn stellen musste, um Unheil zu vermeiden. Das war seine Aufgabe: das Monster finden und es zur Strecke bringen. Nur dass er es im Gewirr der Straßen aus den Augen verloren hatte und ihm die Zeit davonlief. Tick, tack, tick, tack. Noch immer meinte Hütter die riesige Uhr zu hören, die über seinem Kopf geschwebt hatte.

Im Bad hatte er das Gesicht in kaltes Wasser getaucht, bis die Erinnerung an den Traum schwächer geworden war. Ganz konnte er sie jedoch nicht abschütteln. Kein Gedanke mehr an Schlaf. Dann eben Sport, hatte er gedacht, aber auch das war anscheinend nicht die beste Idee gewesen.

Gestern hatte Trumm wieder nach Ergebnissen gefragt. In seiner Stimme hatte dieser Ton gelegen, wie bei Vater. Innerhalb der letzten Woche hatte der ihn jeden Tag angerufen, aber nie erreicht, und immer wieder hatte Hütter es vor sich hergeschoben, ihn zurückzurufen. Bis gestern, da konnte er nicht länger ausweichen. Er hatte seine Wohnung betreten und noch nicht einmal Zeit gehabt, die Schuhe auszuziehen, da war ihm das Blinken des Telefons ins Auge gestochen. Ergeben hatte er die Taste des Anrufbeantworters gedrückt und augenblicklich hatte die Stimme des Vaters den Raum gefüllt. *Wann kommst du, Junge? Es ist schon so lange her, dass du zu Hause warst. Mutter fragt nach dir, jeden Tag.* Vater hatte drängender als gewöhnlich geklungen. Und viel ungeduldiger, und sogleich hatte sich alles in ihm verkrampft, so dass er nur noch den Wunsch verspürt hatte, zu fliehen. Stattdessen hatte er auf liebevollen Sohn gemacht und zurückgerufen. Die Folge war, dass er sich einen ausführlichen Bericht über die Behandlungen der Mutter anhören musste, aber er wollte nicht ungerecht sein. Vater hatte es im Moment alles andere als leicht, und vermutlich tat es ihm gut, wenn er über die Krankheit reden konnte. Schlussendlich hatte er wider besseres Wissen versprochen, sie bald im Krankenhaus zu besuchen. Dann hatte er abrupt aufgelegt. Was für ein Feigling er doch war! Am liebsten hätte er sich auf einer einsamen Insel verkrochen.

Er ging ins Bad zurück, und nachdem er sich erleichtert hatte, drehte er erneut den Wasserhahn auf und ließ das Wasser über seine Hände laufen, bis die Kälte zwickte. Aus dem Spiegel sah ihm ein Gesicht entgegen, das dem des Vaters ähnelte. Energischer Blick, kantiges Kinn. Es gab Leute, die davon überzeugt waren, dass Töchter im Laufe ihres Lebens wie ihre Mütter wurden und Söhne wie ihre Väter. Kleine Kopien, die zu großen wurden und dabei die Eigenheiten des Elternteils weiter ausbauten und verstärkten. Er hatte von sich immer das Gegenteil geglaubt.

Sein Vater war kein schlechter Mann, das nicht, aber er lebte ohne Höhen und Tiefen. Aufstehen, zur Arbeit gehen, nach Hause kommen, schlafen, und dazwischen essen, was Mutter vorbereitet hatte. Ein endloses Einerlei, von dem Hütter nur eines wusste: Das war nichts für ihn. Deshalb war er Polizist geworden, um anders zu sein.

Die Mutter hatte ihn immer unterstützt und

indem er darüber grübelte, wurde ihm klar, dass er ihr eigentlich nie richtig dafür gedankt hatte. Vater hatte recht, er musste wirklich dringend zu ihr. Nicht, um sich von ihrem Gesundheitsstand zu überzeugen, sondern um nachzuholen, was er bislang versäumt hatte. Sie hatte es verdient, dass er ihr sagte, wie sehr er sie liebte. Und dass er sie brauchte. Der Krebs dehnte sich aus, hatte Vater gesagt. Es ging nicht anders, er würde einen freien Tag nehmen müssen.

Hütter duschte und zog sich an. Er wählte eine schwarze Jeans und ein schwarzes Baumwollhemd. Darüber streifte er einen beigen Pullover. Die Sachen ließen ihn nach allem Möglichen aussehen, nur nicht nach einem Polizisten, doch das ließ sich nicht ändern. Achselzuckend ging er in die Küche. Auf der Arbeitsplatte stand noch von gestern ein Tetra Pak Milch. Im Stehen trank er ein paar Schlucke gleich aus der Verpackung, da vibrierte sein Handy. Marie Simon war dran, ob er kommen könne.

Umgehend rief er Krammel an und eine halbe Stunde später klingelte der an seiner Tür. Hütter stieg in den SUV. Tom Krammel begrüßte ihn mit einem Strahlen, bei dem Hütter bezweifelte, dass sich sein Kollege mit schlaflosen Nächten herumplagen musste. Eine wahre Frohnatur, von der auch das leuchtendgelbe Shirt zeugte, das er trug und das sich über seinem Brustkorb spannte. Hütter wünschte, er hätte eine Kanne von Siebels Kaffee intus, mindestens. Nur so könnte er mit der greifbar im Wagen hängenden Energie mithalten. Im Radio gab ein Sänger eine Schnulze von einer Insel zum Besten, die aus Träumen geboren war. Durchaus passend, dachte Hütter und brummte: »Breitmann würde verrückt werden, wenn er deine Musik ertragen müsste.«

Krammel winkte ab. »Der hat andere Sorgen. Die Kur soll nicht so verlaufen, wie er es will, sagt man.«

»Man?«

»Siebel. Jedenfalls weiß er, dass der Alte sein Bein immer noch nicht richtig belasten kann.«

Krammel setzte den Blinker und bog auf die Leipziger Straße und weiter auf die B 184, die nach Leipzig führte. Noch vor dem Ortseingang zog er auf der Maximilianallee auf die linke Spur und gab Gas, dass der Geländewagen vorwärts schoss.

Hütter klammerte sich an den Haltegriff über der Tür. Ein Verkehrsunfall war das letzte, was er gebrauchen konnte. »Wenn du so durch die Gegend rast, muss ich vielleicht auch bald zur Kur.«

»Entspann dich mal, ich habe alles im Griff.«

»Fragt sich bloß, wie lange.«

»Immer, mein Freund.« Krammel grinste, nicht herablassend, aber nahe dran. »Außerdem bin ich derzeit in Bestform.«

»Vom Dienstsport kann das aber kaum sein, da habe ich dich lange nicht gesehen.«

»Bodybuilding«, erwiderte Krammel knapp.

»Du? Glänzend wie eine Ölsardine?«

»Wir nehmen Bräunungscreme.«

»Von mir aus.«

»Bodybuilding ist echt hart. Nichts für In-der-Sauna-unten-Sitzer. Schon das Essen…dafür gibt es einen Plan, an den man sich halten muss.«

Die Kreuzung zur Liebigstraße kam in Sicht, und eine Fahrspurverengung zwang Krammel, die Geschwindigkeit zu drosseln. Sie bogen ab, und kurz darauf später hatten sie das Universitätsklinikum erreicht.

Marie Simon empfing sie in ihrem Büro. Hütter sah den Raum zum ersten Mal und war überrascht, wie sehr er sich von den üblichen Büros unterschied. An jeder freien Stelle standen Blumentöpfe, bepflanzt mit Grünzeug aller Art. Von keinem der Gewächse wusste er, wie es hieß.

Die Kriminalbiologin musste sein Staunen bemerkt haben. »Ich liebe Pflanzen, sie beruhigen mich. Das sollten Sie auch mal probieren. Blumen im Büro, meine ich.« Sie nickte Krammel und Hütter zu. »Aber erstmal hallo miteinander.«

»Sie meinten am Telefon, dass Sie etwas für mich haben«, sagte Hütter. Sein Blick flog zwischen Tom Krammel und Marie Simon hin und her. Hatte Krammel gerade gezwinkert? Flirtete der etwa?

»Stimmt, ja. Deshalb habe ich Sie heute Morgen angerufen.« Simon rückte ihre randlose Brille zurecht. Einige frühe Sonnenstrahlen verirrten sich durch das Fenster und verfingen sich in ihrer roten Lockenmähne. Es sah aus, als stünde ihr Kopf in Flammen. Ein durchaus schöner Kopf, wie Hütter zugeben musste. »Es geht um den Mann, den Sie auf der Landstraße gefunden haben«, sagte Simon. »Ich habe weitere Untersuchungen an der zerstörten Haut vorgenommen. Das ist ein langwieriges und kompliziertes Verfahren, und ich bin sicher, das Ergebnis wird Sie überraschen.«

Erneut registrierte Hütter den intensiven Blickkontakt zwischen Krammel und Simon, nur dass es diesmal die Biologin war, die gezwinkert hatte.

»Zur Sache, Frau Simon«, mahnte er energisch.

Simon blinzelte ihn einen Moment lang an, dann wurde sie rot. Ein Ausdruck von Scham huschte über ihr Gesicht, doch Hütter weigerte sich, wegen seiner strengen Worte ein schlechtes Gewissen zu haben. Er kam ihr aber dennoch etwas entgegen. »Wir haben nur wenig Zeit, und wenn Sie uns näher erklären würden, was Sie herausgefunden haben, wäre das viel wert.«

Simon nickte. »Auf dem linken Unterarm der Leiche sind Schatten und winzige Narben, wie sie nach dem Entfernen von Tätowierungen zurückbleiben. Ganz klar, Ihr Toter war mal tätowiert.«

»Konnten Sie feststellen, um welches Tattoo es sich handelte?«

»Es war ein Fantasiegebilde, ein Tribal, wie es in der Szene heißt. Ich habe es nachgezeichnet, mit Fineliner. Wollen Sie es sehen?«

»Gern.«

Simon breitete Bilder auf dem Schreibtisch aus. Sie waren schwarz-weiß und zeigten ineinander verschlungenen Linien, die kaum zu erkennen waren. Immerhin war zu sehen, dass sie sich um den Schädel eines Raubtiers schlängelten, einen Wolf oder Bären vielleicht. Zwischen den Zähnen der Bestie endeten sie.

»Ziemlich exotisch, das Tattoo. Ich nehme an, dass sich derjenige, der das gestochen hat, daran erinnern würde. Genauso wie an den Kunden«, ließ sich Krammel vernehmen.

Das würden sie überprüfen müssen. Hütter kam eine Idee. »Dieses neue Verfahren, das Sie benutzt haben - können Sie vielleicht damit doch noch die Fingerabdrücke feststellen?«

»Die Fingerkuppen sind total abgeschmirgelt,

da gibt es nichts, was man feststellen kann. Nicht das geringste bisschen Haut ist mehr vorhanden, nur Fleisch und Knochen sind noch da. Wenn Sie die Prints des Mannes in der Datenbank haben, könnte man möglicherweise etwas machen und sie mit Papillarresten vergleichen, die sich mitunter auf dem Fleisch abdrücken. Mit Vergleichsmaterial wäre also vielleicht etwas machbar, doch soweit ich informiert bin, haben Sie keins. Weil Sie nicht wissen, wer der Tote ist.«

Damit hatte Simon den Finger in die Wunde gelegt.

Zurück in der PD trommelte Hütter die Mitarbeiter zusammen. Bis auf Luis Matula hatte niemand etwas über Angerer in Erfahrung bringen können, und selbst Matulas Bericht über den Kauf der Sonnenbrille warf nur neue Fragen auf, statt alte zu beantworten. Dennis Angerer war und blieb verschwunden.

»Konzentrieren wir uns also zunächst auf die Tätowierer der Stadt«, legte Hütter fest. Sollten sie in Leipzig nicht fündig werden, blieben noch das Umland und die Ortschaften, die in der Nähe lagen. Wenn auch das nichts ergab, würden sie die Suche auf ganz Sachsen ausdehnen.

Angel starrte auf die Fassade des Opernhauses. Als Jugendlicher hatte er auf Punk und Hardrock gestanden. Passend für einen harten Jungen, der seine Zeit meistens damit verbrachte, mit seiner Gang im Wildpark herumzuhängen, Büchsenbier zu trinken und zu kiffen. Manchmal hatten sie ihren Treffpunkt aus dem Waldgelände an den Schwanenteich im Stadtzentrum oder in das grüne Gelände am Leuschnerplatz verlegt, um alte Weiber zu erschrecken und heiße Bräute anzumachen. Aber meistens hatten sie den Wald vorgezogen, dort waren sie unter sich gewesen. Dort störte niemand, vor allem keine Bullen, und sie konnten machen, was sie wollten.

Die Gang. Vier echte Kerle hatten dazugehört, manchmal auch fünf. Je nachdem, ob Kalle Zeit und Lust hatte, bei ihnen mitzumachen. Kalle, eigentlich Karl Zimleut, war einige Jahre älter als sie und damals der einzige von ihnen gewesen mit einer festen Tussi und einigen Erfahrungen, was Frauen betraf. Einer, der wusste, wo es den besten Stoff zum besten Preis gab, und der sogar schon im Knast gesessen hatte, weil er sich nichts gefallen ließ. Ein Mann, den sie bewundert hatten, in jeder Hinsicht. Lange vorbei.

Angel musterte die Treppen und den Vorbau mit den hohen Türen, die das Gebäude zierten. Neoklassizismus, soweit er wusste. Er hatte es in der Gefängnisbibliothek nachgeschlagen. Hinter seinem Rücken befand sich eine Eisbahn, die im Winter das Wasserbecken bedeckte, aus dem bei sommerlichem Wetter eine zwanzig Meter hohe Fontäne in den Himmel über dem Augustusplatz schoss. Auch das hatte er gelesen. Gesehen hatte er sie in den letzten Jahren nicht. Na, wenn schon, jetzt war er zurück. Er schnippte eine Zigarette aus der zerknautschten Packung, zündete sie an und machte sich auf den Weg.

An der Kreuzung am Roßplatz verlangsamte er seinen Schritt, bis er stehenblieb. Einfach bei Sophie aufzutauchen und zu sagen: *Hallo Süße, lass uns nochmal von vorn anfangen*, war vielleicht doch kein guter Plan. Sophie hatte sich verändert. Sie würde ihm die Wohnungstür vor der Nase zuschlagen, vorausgesetzt sie würde ihm überhaupt öffnen. Im Pub hatte sie bei seinem Anblick alles andere als erfreut ausgesehen.

Angel steckte die Hand in die Hosentasche und tastete nach den Scheinen. Sie knisterten, als er sie zwischen den Fingern rieb. Zwei Hunderter und ein Fuffi, damit kam er ein paar Tage hin. Es gab keinen Grund, was zu überstürzen. Statt weiter in Richtung Peterssteinweg zu laufen, bog er in die entgegengesetzt liegende Petersstraße und ging zum Parkhaus vor der Oper zurück, wo er sein Motorrad abgestellt hatte. Eine Menge Arbeit lag vor ihm.

Es war später Nachmittag, noch eine Stunde, bis Mariella die Apotheke abschließen konnte. Lore stürmte durch die Tür. »Es gibt Neuigkeiten.«

»Kann das nicht bis heute Abend warten?«

»Nein, das kann es nicht. Ich bin schwanger«, platzte es aus Lore heraus.

Mariella lief um die Verkaufstheke herum und schloss sie in die Arme. »Wie schön für dich.«

»Ich freue mich auch, aber Papa…« Lore machte sich frei. »Er will, dass Antonie und ich heiraten.«

»Was ist schlimm daran?«

»Garnichts, nur will ich eben nicht.«

»Wieso das denn? Du liebst Antonio, er liebt dich, und ihr bekommt ein Baby.«

»Klar, aber gleich heiraten, nur weil mein Vater es will? Never.«

»Und Antonio? Was sagt der dazu?«

Lore zuckte mit den Schultern. »Ich habe noch nicht mit ihm geredet. Es ist, weil ich ihn nicht unter Druck setzen mag. Er ist ein guter Kerl und mein Traummann, weißt du? Er hat auch mich gut gemacht, das Beste aus mir herausgeholt.«

Plötzlich begriff Mariella. »Du hast doch nicht etwa Angst, dass er dich nur wegen des Kindes heiraten würde, oder?«

Lores Augen füllten sich mit Tränen.

»Tut mir leid, Lore, ich wollte nicht...«

»Ist schon in okay«, schniefte Lore leise.

Mariella reichte ihr ein Taschentuch. »Als ich klein war, habe ich mir manchmal vorgestellt, wie es wäre, eine eigene Familie zu haben. Vater, Mutter, Kind – ganz klassisch eben, und immer war ich davor eine Braut in einem langen, weißen Kleid mit einer Schleppe, die von hier bis zur Tür reichte. Vermutlich bin ich nur deshalb davon ausgegangen, dass es bei dir genauso wäre. Aber du siehst das anders, stimmt's?«

»Irgendwie schon.« Lore wischte die Tränen ab und putzte sich die Nase. Ein zaghaftes Lächeln huschte über ihr Gesicht. »Ich bin eine dumme Kuh.«

»Darüber lass uns heute Abend reden«, sagte Mariella resolut.

Als sie Lore zur Tür begleitete, sah sie in der Glasscheibe ihr Spiegelbild. Eine junge, schlanke Frau mit halblangen braunen Haaren, eher burschikos als schön und neben der zehn Jahre jüngeren Freundin erschreckend blass. Wie lange war es her, dass sie verliebt gewesen war? Oder jemanden geküsst hatte? Vier Jahre? Fünf? Wusste sie überhaupt noch, wie sich das anfühlte? Aber wer sollte sie schon küssen, so, wie sie aussah.

Kurzentschlossen riegelte sie die Tür hinter Lore ab und machte sich nach Delitzsch auf. Sie hatte Glück, Grobls Frisiersalon war noch geöffnet, und Klaus Grobl selbst nahm sich ihrer an. In der Schönheitsbranche der Stadt galt er als ein Experte, und jede Frau, die etwas auf sich hielt, war seine Kundin. Vielleicht trug dazu auch sein exzentrisches Aussehen bei. Dunkel geschminkte Augen, kirschroter Mund und die Haare zu einem Zopf wie Karl Lagerfeld gebunden, dazu die bunte Kleidung. An diesem Tag trug er einen safrangelben Kaftan, der bis zum Boden reichte.

»Sie brauchen eine Typveränderung, meine Liebe«, sagte er und dirigierte Mariella zu einem der Waschplätze vor der goldfarben gestrichenen Wand. Eingehüllt in den Geruch nach Shampoo, Spray und der warmen Luft des Föns überließ sie sich seinen Händen. Als Grobl fertig war, blickte ihr aus dem Spiegel eine Frau mit spiralförmigen Locken entgegen.

»Das steht Ihnen ausgezeichnet, meine Liebe.« Grobl präsentierte die Rechnung.

Ein knapper Hunderter? Mariella schluckte. Grobl konnte nichts dafür, dass sie nicht so schön wie Lore war. Sie zahlte und fuhr nach Sabnitz zurück.

Während sie ihr Auto vor dem Haus parkte, sah sie zu Roland Osholds Grundstück hinüber. Im Garten stand ein Mann in einem langen Mantel und mit einer Pudelmütze auf dem Kopf. Er wirkte irgendwie verloren, und Mariella ging zu ihm hinüber. Dann erkannte sie ihn. Es war der Fremde, der sie nach einem Reinigungsmittel gefragt hatte. Und sie bei seinem zweiten Besuch auf die Wange geküsst hatte, so dass es in ihrem Magen gekribbelt hatte. Energisch drängte sie die Erinnerung zurück.

»Sie?«, fragte sie, als sie Osholds Grundstück erreicht hatte.

Der Mann kam an den Zaun. »Was haben Sie mit Ihren Haaren gemacht?«

»Ist doch egal«, sagte Mariella heftiger, als sie beabsichtigt hatte. »Ist Herr Oshold zu Hause?«

»Ich heiße Angel, und nein, Roland ist nicht da. Aber ich passe auf sein Haus auf.« Angel zeigte in den Garten hinter sich. »Ich wollte gerade Feuerholz holen und außerdem ein Versteck für den Ersatzschlüssel finden, falls ich mich mal aus Versehen aussperre. Darin bin ich nämlich ziemlich gut, im Aussperren, meine ich. Wissen Sie vielleicht, wo Roland ein gutes Versteck hat?«

»Nein.« Mariella wollte hinzusetzen, dass Oshold selbst Angel einen Tipp gegeben hätte, sofern er es gewollt hätte, aber ehe sie den Mund öffnen konnte, sagte Angel: »Nichts für ungut, ich finde schon noch eine gute Stelle. Und Ihre Haare, die hätten Sie ruhig lassen können, wie sie waren. Ich fand Sie und ihre Frisur sehr hübsch.«

Mariella nickt knapp, drehte sich um und ging über die Straße zu ihrem eigenen Haus. Bevor sie die Eingangstür erreichte, warf sie einen Blick zurück. Sie musste diesem unmöglichen Angel sagen, dass sie nicht vorhatte, sich von seinen Komplimenten einwickeln zu lassen, aber als sie das Lächeln auf seinem Gesicht gewahrte, riss sie die Eingangstür auf und floh in ihr Heim. Kaum war die Tür hinter ihr ins Schloss geknallt, stürzte sie ins Badezimmer, zerrte sich die Klamotten vom Körper und stellte sich unter die Dusche, um die teuren Locken herauszuwaschen. Ihre Augen brannten, als würde sie jeden Moment losheulen. Verdammte Seife.

Hütter blieben genau zehn Minuten, um mit einer Tasse Kaffee die Kälte aus den Gliedern zu vertreiben. Er musste sich beeilen. Er hasste es, den Kaffee ohne Genuss herunterzustürzen, doch Punkt zwölf wurde er von Staatsanwalt Grump erwartet, und Grump war dafür bekannt, dass er keine Unpünktlichkeit duldete.

Fünf vor zwölf öffnete sich die Tür, und Maik Grump trat ein.

Hütter erhob sich schnell. »Zu Ihnen wollte ich gerade, Herr Staatsanwalt.«

»Ich komme von einer Beratung hier im Haus und dachte, ich fange Sie ab. Gibt es irgendwo einen Platz, an dem wir ungestört reden können? Ich brauche Input, und zwar möglichst schnell und viel. Sie haben was für mich, hoffe ich.«

Hütter setzte eine Miene auf, von der glaubte, dass sie undurchdringlich genug war, um den Staatsanwalt nicht sehen zu lassen, wie sehr es ihn störte, dass der den Chef heraushängen ließ. Wenn Grump gleich zur Sache kommen wollte, bitte schön. Er war bereit. Er führte ihn in den Raum, in dem sich zweimal am Tag die Ermittler trafen, um sich gegenseitig auf den neusten Stand zu bringen. Die Whiteboards an der Wand waren mit Bemerkungen übersät, manche mit Pfeilen verbunden, andere in krakeligen Buchstaben an die Tafel geworfen. Krammels Handschrift ließ zu wünschen übrig, aber das war Hütter egal. Die Luft war abgestanden, es roch nach verbranntem Kaffee und auch ein bisschen nach Schweiß. Zeugen der Arbeit. Hütter öffnete das Fenster, und kalte Luft zog herein.

Grump nahm derweil an einem Tisch Platz,

öffnete seine Tasche und zog ein Tablet hervor. »Also, Hütter, was haben Sie für mich?«

Während Grump auf der Tastatur herumtippte, fasste Hütter zusammen, was sie wussten, und endete: »Aus Angerers alten Mitinsassen ist nichts herauszukriegen. Häftlinge verpfeifen keinen, das ist eine goldene Regel. Da Angerer, wie es aussieht, untergetaucht ist, schlage ich vor, dass wir die Bevölkerung um Mithilfe bitten. Ein Aufruf, bundesweit. Wer hat unseren Mann gesehen? Wer kennt ihn?«

»Sie sind, um es drastisch auszudrücken, nicht ganz dicht.« Grump nahm seine Nickelbrille ab und begann gemächlich, die Gläser zu putzen. In der plötzlichen Stille knallte irgendwo auf dem Gang eine Tür.

Hütter hatte die Hände zu Fäusten geballt und konzentrierte sich auf die Geräusche, die von der Straße durch das Fenster drangen. Atmen, befahl er sich, schön langsam atmen, denken, danach erst reden.

»Wenigstens einen Aufruf in Sachsen«, sagte er, als sich sein Puls so weit beruhigt hatte, dass seine Stimme nicht zitterte.

Grump war fertig mit der Putzerei und setzte die Brille wieder auf. »Es scheint, Sie haben mich nicht verstanden, Hütter. Um einen Aufruf zu genehmigen, brauche ich Informationen, die ihn rechtfertigen. Viel mehr als das bisschen, was Sie bis jetzt haben. Außerdem befürchte ich, dass Sie sich verrennen. Konzentrieren Sie sich lieber auf die Tätowierer der Stadt. Finden Sie den, der dem Toten das Tattoo verpasst hat. Oder den, der es entfernt hat. Das kommt aufs Gleiche heraus, jedenfalls haben wir dadurch größere Chancen,

Toten zu identifizieren.« Das Tablet verschwand in Grumps Tasche. »Eins noch. Sie wissen, dass die Staatsanwaltschaft die Herrin des Verfahrens ist, ja? Sie sind hier nur mein verlängerter Arm, also keine Alleingänge, bitte.«

Kochend vor Wut ging Hütter in sein Büro zurück. Die Tattoostudios standen auch ohne die Bemerkungen von Grump auf seiner To-do-Liste. Sein Bauchgefühl aber sagte ihm, dass er sich um Dennis Angerer kümmern musste.

Natalie Saalmüller saß vor Siebels PC. Im bläulichen Licht des Monitors wirkte ihre Haut durchscheinend und ausgelaugt. Kein Wunder, sie war seit dem vergangenen Abend im Dienst.

Hütter kratzte sich das Kinn. Vermutlich sah er nicht besser aus. »Du bist noch da?« Er ließ sich ihr gegenüber auf einen Stuhl fallen.

Saalmüller lehnte sich zurück und strich eine ins Gesicht hängende weißblonde Haarsträhne hinters Ohr. »Ich konnte Angerers Onkel eben erst erreichen, wegen der Zeitverschiebung. Sein Name ist Eduard Bauer, doch er nennt sich Edward Farmer. Farmer arbeitet beim Militär, als Zivilperson, und er hatte erst nachmittags um zwei Feierabend. Ortszeit, versteht sich. Als ich ihn endlich an der Strippe hatte, hat er gefragt, ob ich von der CIA wäre, und dann hat er eine Latte Beschimpfungen vom Stapel gelassen. Krank im Kopf, der Mann, total krank. Zu seinem Neffen hatte er keinen Kontakt, weder früher noch jetzt, und ich gehe davon aus, dass er die Wahrheit gesagt hat. Stupid German Family – das war seine Lieblingsrede.«

»Nett.«

Saalmüller nickte. »Außerdem habe ich mir die

Strafakte von Dennis Angerer noch einmal vorgenommen, und weißt du, worüber ich mich am meisten wundere? Es gab einen Komplizen, aber in den Vernehmungen und auch vor Gericht hat er jeden Mittäter abgestritten, geschweige einen Namen preisgegeben. Er hat alles auf die eigene Kappe genommen.«

»Ganovenehre?«

»Das ist doch nur eine Erfindung der Filmindustrie.«

Überrascht lehnte sich Hütter zurück. »Danke. Grump denkt, ich rede wie ein Geisteskranker.«

»Vergiss ihn. Angerer muss einen Feind gehabt haben, denn er wurde angezeigt. Anonym. Sonst hätten ihn die Kollegen vielleicht nie überführt. *Dennis Angerer, Raubüberfall, Allee-Center* stand auf einem gelben Klebezettel, den jemand in den Briefkasten am Rathaus geworfen hat. Ein Klebezettel wie die hier.« Saalmüller tippte auf den Memoblock, der auf Siebels Schreibtisch lag. »Die Herkunft konnte nicht festgestellt werden, auch eine Schriftanalyse hat nichts gebracht, und wer den Zettel abgegeben hat, weiß man bis heute ebenfalls nicht. Am Rathaus gibt es keine Überwachungskamera.«

Hütters Bauchgefühl schlug einen Salto. »Stell dir vor, du drehst mit einem Kumpel ein Ding. Dann liefert dich besagter Kumpel ans Messer, und du gehst in den Knast. Nicht nur für einen oder zwei Monate. Nein für fünf lange Jahre. Was würdest du tun, wenn du wieder rauskommst?«

»Mir den Verräter greifen, klar. Dein Gedankengang hat jedoch einen Fehler. Es muss nicht zwingend sein Komplize gewesen sein. Praktisch kann jeder diesen Zettel geschrieben haben: die

Freundin, ein Neider, jemand, vor dem Angerer geprahlt hat. Einfach jeder eben. Die Beute hatte einen Wert von mehreren Millionen Euro.« Saalmüller schaltete den Computer aus, nahm ihre Jacke von der Rückenlehne des Drehstuhls und warf sie sich über die Schulter. »Also bis morgen, Chef.«

Veit Hütter nickte ihr zum Abschied zu. Jede Minute seit dem Fund der Leiche lastete auf ihm. Er sehnte sich nach Schlaf und dachte ernsthaft darüber nach, nicht erst nach Hause zu fahren, sondern gleich im Büro zu übernachten.

Acht

Der nächste Tag begann genauso, wie der vorangegangene geendet hatte. Hütter fühlte sich wie erschlagen. Langsam kroch das Tageslicht in die kalte Stadt, während er am Fenster seiner Wohnung stand und auf die Straße starrte.

Er klemmte sich das Handy zwischen Schulter und Wange und rief Krammel an. »Verdammt, Tom, wo bist du bloß? Du solltest mich um sechs abholen. Das war vor zwanzig Minuten.«

»Scheißwetter! Ich musste erst die Autoscheiben freikratzen, aber jetzt bin auf dem Weg.«

»Beeil dich. Grump drängt darauf, dass wir die Tattoostudios abklappern. Am liebsten schon gestern.« Hütter legte auf. Krammel würde Fragen haben, doch er hatte nicht vor, ihm von seinem Gespräch mit dem Staatsanwalt zu erzählen.

Bevor er gestern dann doch noch nach Hause gefahren war, hatte er eine Liste der Delitzscher Studios erstellt und denen, die auf ihren Webseiten eine E-Mail-Adresse angegeben hatten, ein Foto des Tattoos des Toten geschickt. Mit ein bisschen Glück würden schon bald erste Antworten eintreffen, doch darauf sollte er sich lieber nicht verlassen. Fleiß, Durchhaltevermögen und ein gutes Gespür. Das waren die Garanten für den Erfolg der Polizeiarbeit, hatte Breitmann mal gesagt. Von Glück war keine Rede gewesen.

Die *Primeur Tattoo- und Piercingbar* im Delitzscher Osten gehörte zu den Etablissements, von denen man annahm, dass sie sich nie im Leben halten könnten, und die sich trotzdem im Gegensatz zu der trendigeren Konkurrenz seit Jahren behaupteten. Die Lage am Rand eines Gewerbegebietes war mehr als schlecht. Laufkundschaft gab es praktisch nicht, dafür aber einen festen Kundenstamm, der dem *Primeur* seit Jahren die Treue hielt. Jedenfalls war das die Erklärung, die der Inhaber Hütter und Krammel wissen ließ. Er war ein über und über tätowierter hagerer Mann mit mehreren Metallringen in Nase und Ohren und hufeisenförmigen Piercings in der Lippe, die wohl von seiner Hasenscharte ablenken sollten. Sein Name war Lutz Hoferer, doch er zog es vor, sich Speedy zu nennen. Nicht von ungefähr, die dunkelrot gestrichenen Wände zierten mehrere Urkunden, denen zu entnehmen war, dass Speedy zu den Besten gehörte, wenn es darum ging, fremde Haut möglichst schnell und trotzdem akkurat zu verzieren.

Nach einem flüchtigen Blick auf das Tribalfoto sagte er: »Ihnen mag das ausgefallen erscheinen, doch für Tätowierer ist das nichts Besonderes. Eine reine Standardarbeit, das kann jeder. Dafür muss man kein As ein.« Nach einem Nicken in Richtung seiner Urkunden setzte er hinzu: »Bei mir gibt es kein 08/15.«

»Wissen Sie, wer das Tattoo gestochen haben könnte?«

»Versuchen Sie es im *Bulli's*, das liegt neben der Fußgängerzone in der Innenstadt.« Speedys hochgezogene Augenbraue ließ erahnen, was er von der Konkurrenz hielt, nämlich nichts.

Das *Bulli's* hatte bis Mittag geschlossen, daher beschlossen die Kommissare, dass sie zunächst die Studios im Umland aufsuchen würden. Das Umland beinhaltete alle Ortschaften, die bis zu fünfzig Kilometern entfernt lagen. Sollten sie nicht fündig werden, mussten sie den Radius erweitern, doch daran wollte Hütter nicht einmal denken.

Sie verließen die Stadt in Richtung Bitterfeld, doch statt des direkten Weges, ließ Hütter Krammel die Strecke über Sabnitz fahren, um an der Stelle vorbeizukommen, an der Busfahrer Bert Franker die Leiche entdeckt hatte. Auf den Feldern und in den flachen Senken dazwischen lag der Schnee so dicht, dass er die Landschaft zu einem weißen Meer machte, das nur vereinzelt von Bäumen unterbrochen wurde, die ihre Äste in den Himmel reckten. Nichts deutete darauf hin, dass hier vor kurzem ein Toter gelegen hatte.

Krammel machte ein Gesicht, als hätte er Schmerzen.

»Was ist los?«, wollte Hütter wissen.

»Was soll schon los sein.«

»Du siehst krank aus.«

»Ich bin gesund. Zufrieden?«

Hütter schaute aus dem Fenster. Wie es aussah, war Krammel nicht in der besten Stimmung, um ein Gespräch zu führen. Na gut, dann würde er eben schweigen.

Sie passierten Sabnitz, und für einen Moment musste Hütter an Mariella Rabner denken. Die hübsche Apothekerin hatte ihm gefallen, und er war sich sicher, dass zwischen ihnen eine gewisse Anziehung gewesen war. Schade, dass sie sich aus den Augen verloren hatten. Ob er sich mal bei ihr melden sollte? Bestimmt hatte sie ihn längst vergessen.

In Bitterfeld lenkte Krammel den Wagen am Ufer der Goitzsche entlang. Der See war beinah zur Gänze zugefroren, und Hütter fragte sich, wie die in der Marina liegenden Segelboote mit dem Eispanzer zurechtkamen. In Bamberg hatte er eine Jolle gehabt, direkt am Baggersee. Er war sogar Mitglied im Segelclub gewesen und er hatte vorgehabt, auch in Sachsen zu segeln. In der Nähe von Leipzig gab es zahlreiche Seen, die dafür geeignet waren. Er liebte das Wasser und er liebte den Wind, der ihm ins Gesicht wehte, wenn er über die Wellen glitt. Aber der Job fraß seine freie Zeit auf, und daher hatte er letztendlich davon abgesehen. Er war schon froh, dass er hin und wieder Zeit fand, ein wenig Sport zu treiben, um sich fit zu halten.

Krammel bog auf die Wittenberger Straße und parkte keine fünf Minuten später in Nähe der Fußgängerzone. Auf den Straßen war kaum was los. Im Stadtkern gab es drei Tätowierer, aber kein einziger konnte den Ermittlern weiterhelfen. Mittag war längst vorbei, und Hütters Magen knurrte, als hätte er seit Tagen nichts gegessen. Sie liefen die Hauptstraße entlang, vorbei an Spirituosen- und Andenkengeschäften bis zum Stadtlokal, vor dem ein großes Werbeschild mit der Speisekarte stand.

»Schnitzel mit Waldpilzen«, las Hütter vor und dirigierte Krammel durch die Eingangstür zu einem Tisch in Fensternähe.

Krammel wickelte sich aus seinem Schal und setzte sich. »Wer weiß, woher die Pilze kommen. Wenn du denkst, ich kriege auch nur einen Bissen runter, hast du dich geirrt.«

»Bestell dir ein Bier, auf dem Rückweg fahre ich.«

Nach dem zweiten Bier taute Krammel auf.

»Kennst du das Gefühl, dass du endlich eine Frau getroffen hast, bei der eigentlich alles passt? Charakter, Aussehen, einfach alles.« Er seufzte. »Du lässt dich auf sie ein, und dann merkst du, dass sie nur mit dir spielt. Eine Scheißsituation ist das, das kann ich dir sagen.«

Hütter dachte an Lisa, doch dann schob sich das schmale Gesicht von Mariella Rabner vor seinen inneren Blick. Frauen waren okay, wenn man Zeit hatte, sonst gab es nur Probleme. Zum Teufel mit ihnen. »Wenn du jemandem zum Reden brauchst…«, hob er an, doch Krammel schüttelte den Kopf.

Als sie die Pause beendet hatten, fuhren sie erst die Tattoostudios in Bad Düben ab und dann zurück zum *Bulli's* ins Delitzscher Stadtzentrum. Wie in Bitterfeld, hatten sie auch in Bad Düben keinen Erfolg gehabt, abgesehen davon, dass sie nun alle möglichen Arten von Tattoos kannten.

Das *Bulli's* stellte sich als mittelgroßes Ladengeschäft heraus, dessen Schaufenster in düsterem Schwarzgrau gehalten waren, doch das hielt die Kundschaft anscheinend nicht ab. Alle Stühle im Wartebereich waren besetzt.

Hütter trat an den Empfangstresen, hinter dem eine junge Frau auf einem Hocker saß und auf den Bildschirm eines PCs starrte. Sie hatte grün gefärbte lange Haare, die ihr offen über die Schultern hingen und trug ein dunkelgrünes Shirt, auf dessen Vorderseite in leuchtend roten Buchstaben *Fuck you* stand.

Die Ärmel hatte sie bis zum Ellenbogen nach oben geschoben. Als sich Hütter etwas über den Tresen beugte, sah er die bunten Bilder, die sich von den Handrücken über ihre Unterarme zogen und vermutlich noch höher. Was sie darstellten, konnte er nicht erkennen.

»Mein Name ist Hütter, der Kollege neben mir ist Kommissar Krammel, Kriminalpolizei. Ist der Chef zu sprechen?« Hütter hielt der Frau seinen Ausweis hin, doch die warf nicht einmal einen Blick darauf.

»Ist was passiert?«, fragte sie.

»Wir haben nur ein paar Fragen zu einem Tattoo. Also, ist der Inhaber da?«

»Sicher, Sie stehen direkt vor ihm. Natja Ebert, ich führe hier das Geschäft, seit ich mich vor vier Jahren selbständig gemacht habe.«

Krammel nickte in Richtung der Wartenden. »Scheint sich zu lohnen.«

»Es läuft. Inzwischen habe ich zwei Mitarbeiter eingestellt, weil ich die Arbeit allein nicht mehr schaffe.« Stolz sprach aus Natjas Worten.

Hütter zeigte ihr das Tattoo des Toten. »Haben Sie so etwas schon mal gesehen?«

Natja musterte es eingehend. »Nicht, dass ich wüsste.«

»Haben Sie eine Idee, wer weiterhelfen kann? Oder einen Tipp?«

»Es gibt Messen, da trifft sich die Branche. Wir präsentieren unsere Arbeiten und stechen auch gleich vor Ort Tattoos. Die Messen finden in jedem größeren Ort statt. In Leipzig, Dresden oder Chemnitz und überhaupt im ganzen Land. Da haben Sie vielleicht mehr Glück. Aber ob Sie dort den Typen finden, der das hier fabriziert hat?« Sie tippte mit dem schwarz lackierten Fingernagel ihres Zeigefingers auf das Bild und hob einen Mundwinkel. »Ich kann mir nicht vorstellen, dass hier ein Künstler am Werk war. Für Kenner ist das nichts Besonderes. Eher was für den Alltag.«

»Danke für Ihre Hilfe«, sagte Hütter. »Wenn Ihnen noch etwas einfällt, lassen Sie es uns bitte wissen.«

Nachdem Hütter Tom Krammel samt SUV vor dessen Wohnung abgesetzt hatte, lief er allein zurück durch die Stadt. Die Kälte zwickte in der Nase, doch er hatte keine Eile. Die Turmuhr der Stadtkirche zeigte an, dass es nach um zehn war. Er könnte noch etwas trinken gehen, im *Weißen Ross* vielleicht, aber alleine? Ja, wenn Krammmel mitgekommen wäre...aber der hatte etwas von *sich entschuldigen* gemurmelt und dass er es eilig hätte. Sicher ging es um diese perfekte Frau, von der er mittags gesprochen hatte.

Er guckte auf sein Handy. Vor drei Stunden hatte er die WhatsApp-Nachricht gelesen. RUF MICH AN. Kein Hallo, kein bitte, kein Tschüss. Typisch für Vater, der wollte, dass er endlich nach Hause käme. Er jedoch verspürte nicht die geringste Lust dazu, und er fragte sich, ob sich das jemals ändern würde. Das elterliche Heim war schon längst nicht mehr sein Zuhause. Sein Zuhause war in Sachsen, hier hatte er die Chance, sich zu beweisen, hier konnte er Karriere machen, und erst wenn er das geschafft hatte, ging es nach Oberfranken zurück, wenn überhaupt. Vielleicht würde er ja auch auf Dauer in Sachsen bleiben. Er mochte das Land, und die Menschen auch.

Das schmale Gesicht der Mutter zuckte durch seine Erinnerungen. Der Ausdruck des Schmerzes in ihren Augen, den sie vergeblich versuchte vor ihm zu verbergen. Einen Tag nur, so nahm er sich vor, einen Tag würde er sich freinehmen und nach Bamberg fahren, Mutter zuliebe. Aber erst musste er den Mörder fassen.

Doktor Raik Brambacher sah Luis Matula an und musterte die Fotos, die vor ihm auf dem Tisch lagen. Eines zeigte das nachgezeichnete Tribal, auf dem anderen war der Arm des Toten mit den Resten des Tattoos zu sehen. Brambacher war der einzige Hautarzt in Delitzsch und Umgebung, der auf die Entfernung von Tätowierungen spezialisiert war.

»Das also ist das Tattoo, von dem Sie mir am Telefon erzählt haben?« fragte er.

»Kommt es Ihnen bekannt vor?«

»Kaum.«

»Also, nein?«

»Ich müsste in meinen Bilddokumentationen nachsehen. Vor und nach der Behandlung mache ich Fotos, um das Ergebnis festzuhalten.«

»Wie funktioniert so eine Entfernung überhaupt?«

»Mit Picosekunden-Technologie. Ich benutze einen speziellen Laser. Danach ist das Tattoo praktisch völlig weg. Nicht so, wie in ihrem Fall, wo man es im Nachgang rekonstruieren kann. Das da sieht eher danach aus, als hätte jemand daran herumgepfuscht.«

»Würden Sie bitte trotzdem Ihre Fotos überprüfen? Nur zur Sicherheit, bitte.«

»Natürlich, aber dazu werde ich ein Weilchen brauchen.«

Matula winkte ab. »Ich warte so lange in Ihrer Besucherzone.«

Es dauerte über eine Stunde, bevor der Doktor Luis Matula erneut ins Sprechzimmer bat. In der

Zwischenzeit kannte Matula den Inhalt jeder der drei Zeitschriften, die auf den Tischen im Wartebereich verteilt waren. Die Reise von Charles und Camilla nach Indien - very british. Das Bühnenoutfit von Superstar Rihanna - überaus sexy. Die Liebesromanze zwischen zwei Schauspielern einer Arztserie, von denen Matula bisher nie etwas gehört hatte und deren Namen sogleich wieder aus seinem Gedächtnis verschwunden waren, hatte er nur überflogen. Kochrezepte für vegane Speisen und Anleitungen zum Basteln von Weihnachtsschmuck aus Papier auch. Dafür wusste er nun alles über Ayurvedakuren in Sri Lanka und die neusten Modelle von Mercedes Benz. Und er hatte alle Kreuzworträtsel und Sudokus gelöst.

»Ich habe meine Aufzeichnungen durchgesehen, doch von mir wurde das Tattoo nicht behandelt«, gab ihm Dr. Brambacher Bescheid. »Mir fällt auch sonst kein Arzt in Delitzsch ein, der es entfernt haben könnte. Sie könnten es in Leipzig versuchen, da gibt es eine größere Auswahl an Ärzten. Ich gebe Ihnen gern Adressen von Spezialisten, aber ich glaube nicht, dass Sie bei denen mehr Erfolg haben. Wie gesagt, Profis nutzen Lasergeräte.«

»Wer könnte das sonst gemacht haben?«

Brambacher hob die Schulter. »Da bin ich überfragt. Aber natürlich sind auch Mediziner nicht vor Fehlern gefeit, und außerdem gibt es auch in unserer Branche schwarze Schafe. Die kenne ich aber nicht.«

Oder du willst sie nicht nennen, dachte Matula. Auf der Straße nahm er sich einen Moment Zeit und blieb stehen. Er ließ den Blick nach links und rechts schweifen. Der Himmel war grau mit einer

nur schwach zu erahnenden Sonne zwischen tief-
hängenden Wolken, so dass die Schneereste auf
dem Fußweg dunkel wie altes Eis glänzten. Jeder-
mann schien sich zu beeilen, um der Tristesse zu
entfliehen und ins traute Heim zu kommen oder
zumindest irgendwohin, wo es hell und freund-
lich war. Matula sah einer jungen Frau hinterher,
die mit zwei gefüllten Einkaufsbeuteln in den
Händen über die Straße eilte. Brambacher hatte
schwarze Schafe erwähnt, er musste sie nur aufspüren, aber wie konnte er das bewerkstelligen?
Er müsste ein Verzeichnis haben oder auf jeden
Fall einen Hinweis, wo Hautärzte zu finden waren und wie sie an Kunden kamen. Die Ärzte-
kammer müsste sowas wissen. Aus einer der
Taschen der jungen Frau vor ihm hing eine bunte
Zeitung über den Rand, und Matula hatte eine
Idee.

Nach einem zehnminütigen Fußmarsch tauchte vor ihm das Gebäude der ehemaligen Latein-
schule neben der Peter-und-Paul-Kirche auf. Seit
mehreren Jahren waren hinter der historischen
Fassade Bücher und Medien aller Art zu finden.
Zwei Frauen gaben sie aus oder nahmen sie entgegen. Die linksstehende schätzte Matula um die
dreißig, die rechts außen musste in seinem Alter
sein. Eine dunkelhäutige Frau von vierzig Jahren,
die ihm auf Anhieb sympathisch war.

Er riss sich die Wollmütze vom Kopf und trat
auf sie zu. »Hallo, ich brauche Ihre Hilfe.«

»Worum geht es denn?«

»Ich bin auf der Suche nach einem Magazin für
Mediziner.«

»Eine Zeitschrift für Ärzte also«, wiederholte
sie, und das machte sie ihm noch sympathischer.

Er mochte es, wenn Leute rekapitulierten, was er sagte. Es gab ihm das Gefühl, dass er verstanden wurde.

»Oder eine, in der die meisten Ärzte inserieren, ihre Leistungen anpreisen sozusagen. Vor allem Dermatologen, die Tätowierungen entfernen«, sagte er.

»Das haben wir gleich.« Die Frau gab einen Suchbegriff in den Computer ein. Während sie auf die Ergebnisse wartete, lächelte sie Matula zu. »Es ist arg kalt draußen heute.«

Der Bildschirm des Monitors füllte sich mit Webseiten. Die Frau runzelte die Stirn. »Hm.«

Matula wartete auf eine genaue Ausführung. »Und?«, fragte er dann, als sie ausblieb.

»Das sieht nicht gut aus.«

»Was haben Sie gefunden?«

Die Frau drehte den Monitor so, dass Matula einen Blick darauf werfen konnte. »Wir haben nur das hier im Bestand.« Sie tippte auf eine Zeile. »Die Zeitschrift stehen in der ersten Etage, Treppe rauf und dann links.«

»Prächtig«, sagte Matula und machte sich auf den Weg.

Zwei Stunden später eilte er in der PD Torgau die Treppe hinauf.

Das Team der Mordkommission hatte sich bereits versammelt. Als Matula hineinplatzte, sagte Hütter eben: »Die Tattoostudios waren ein Reinfall, leider. Hat jemand Vorschläge?«

Matula schob sich nach vorn. »Ich habe Dr. Brambacher aufgesucht, er hat das Tattoo nicht entfernt. Auch konnte er nicht sagen, welcher Arzt sonst noch Frage kommen würde. Falls da überhaupt ein Arzt am Werk gewesen ist, denn

Brambacher hat die Narben als Pfusch bezeichnet.«

»Also ist auch das eine Sackgasse.« Hütter rieb sich die Schläfen, um den stechenden Schmerz zu mildern, der sich vom Nacken aus in seinem Kopf ausgebreitet hatte.

»Nicht ganz. Wie alle Mediziner haben auch Hautärzte eine Fachzeitschrift. Ich habe mir ein Exemplar besorgt.« Matula legte ein Heft auf den Tisch. Auf dem blauen Cover prangte in großen Lettern: *Der Hautarzt – Fachzeitschrift für Dermatologie.* »Wir könnten ein Foto veröffentlichen. Vielleicht meldet sich jemand, der das Tattoo wiedererkennt.«

»Das kann Jahre dauern«, ließ sich Krammel vernehmen.

»Es ist ein Monatsblatt, es erscheint in einer Woche. Das erhöht die Chance, dass es zeitnah gelesen wird.«

Hütter nickte Matula zu. »Gut gemacht, Luis. Kümmere dich darum. Vielleicht schaffen wir es in die nächste Ausgabe.«

»Wir könnten uns nochmal den LKW-Fahrer vornehmen, diesen Olschewski. Immerhin hat er den Toten überfahren, Tutzlers Farbanalyse hat es bestätigt«, warf Natalie Saalmüller ein.

»Wie du soeben richtig angemerkt hast, war unser Mann da schon tot.«

»Was ist mit dem Busfahrer?«

»Franker? Der hat die Leiche gefunden, mehr nicht«, sagte Hütter. »Aber frage doch mal seine Frau. Ehefrauen kennen ihre Männer besser als alle anderen, besonders wenn sie von ihnen verlassen wurden. Wenn Bert Franker wirklich ein Lügner sein sollte, wird sie damit nicht hinterm

Berg halten. Seine Geliebte hat zwar bestätigt, dass er zur Tatzeit bei ihr war, aber möglicherweise wollte sie ihm nur ein Alibi verschaffen.«

Natalie Saalmüller nickte zögernd.

»Ist noch was?«, fragte Hütter.

»Du kommst doch mit zu der Frau, ja?«

Mariella stellte die neu eingetroffenen Päckchen mit Hustenbonbons in das Regal neben der Eingangstür der Apotheke. Ab und an warf sie einen Blick durch das Fenster auf die Straße. Von ihrem Standort aus konnte sie den gesamten Platz überblicken. Sie sah, wie sich die Tür zu Osholds Bauernhaus öffnete und reckte den Hals. Als Angel auf die Straße trat, beschleunigte sich ihr Puls. Er schaute in ihre Richtung, und obwohl sie wusste, dass man von außen das Innere der Apotheke nicht erkennen konnte, zuckte sie zusammen. Mit fliegenden Händen schichtete sie die restlichen Päckchen in das Regal, dann eilte sie hinter die Theke. Hier fühlte sie sich sicherer, doch sogleich schalt sie sich. Dieser Angel war ein Mann wie jeder andere. Sicher, er sah unverschämt gut aus in den dunklen Klamotten und mit dem lockeren Zopf, aber nur weil er ihr gefiel, konnte er ihr nicht gefährlich werden. Oder etwa doch?

Ihr Herz flatterte, als Angel die Tür aufstieß und nach ein paar Schritten vor ihr stand.

Er war gut einen Kopf größer als sie und beugte sich zu ihr herab. »Guten Morgen.«

»Hallo«, hauchte sie.

Etwas blitzte in seinen Augen auf. Machte er sich etwa über sie lustig? Mariella räusperte sich.

»Ich fahre heute nach Leipzig und wollte kurz Tschüss sagen«, sagte er.

»Haben Sie gefunden, was Sie gesucht haben?«
Ein düsterer Ausdruck fuhr über sein Gesicht.

»Wovon reden Sie?«

»Das Versteck für den Schlüssel. Danach haben Sie doch gesucht, oder?«

»Ja, ich meine, nein. Das habe ich noch nicht gefunden, und Sie wollten mir keinen Tipp geben. Oder haben Sie Ihre Meinung geändert?«

Angels lauernder Blick ließ Mariella innerlich zusammenzucken, doch sie setzte eine gleichgültige Miene auf und schüttelte den Kopf.

»Das dachte ich mir«, sagte Angel. »Eines hätte ich aber zu gern gewusst: Hatte Roland Freunde im Ort?«

»Ich schätze, das sollten Sie ihn selbst fragen.«

»Sie sind nicht gut darin, was? Im Reden, was andere betrifft?«

Mariella nickte schwach.

»Dann werde ich mal gehen, aber ich bin mir sicher, dass wir uns wiedersehen.« Angel wandte sich um. Ein langsames Lächeln umspielte seine Lippen.

Erleichtert atmete Mariella auf, als er die Apotheke verlassen hatte. Dann runzelte sie die Stirn. Erst jetzt wurde ihr bewusst, was Angel gesagt hatte. *Hatte Roland Oshold Freunde im Ort?* Nicht hat, sondern hatte. Was bedeutete das? War dem Nachbarn doch etwas passiert?

Das schlechte Gefühl vor ein paar Tagen war plötzlich wieder da. Sie musste mit dem Kommissar sprechen, dringend. Er würde wissen, was zu tun war.

Barbara Franker wohnte in einer kleinen Doppelhaushälfte am Wallgraben in einer Siedlung, die von Stille überschattet war. Als Hütter aus dem Auto stieg, konnte er das Klatschen der Wellen hören, die der kalte Wind auf dem nahe gelegenen Lorber ans Ufer trieb.

»Nette Gegend«, meinte Natalie Saalmüller. Sie drehte sich einmal im Kreis und schaute sich um. »Wenn ich das Geld dafür hätte, würde ich mir genau sowas zum Wohnen suchen.«

»Mir wäre das zu ruhig«, erwiderte Hütter und klingelte.

Eine vor der Zeit verwelkte Frau um die Vierzig mit einem Gesicht, das Hütter an einen rotbackigen und ein wenig runzligen Apfel erinnerte, öffnete die Tür. Fältchen zeichneten ihre Haut bis zu den blauen Augen hinauf. Doch diese Augen waren quicklebendig.

»Frau Franker?«, fragte Hütter.

Die Frau nickte, und Hütter stellte sich und seine Kollegin vor. »Wir haben einige Fragen an Sie.«

Barbara Franker führte Hütter und Saalmüller in die Stube und bat sie, auf einem geblümten Sofa Platz zu nehmen. Es war ein freundlicher Raum mit Balkon in den Garten. Die Gardine war zurückgezogen, so dass das Licht der fahlen Wintersonne nach innen drang. Durch die blank geputzte Glastür erkannte Hütter ein hölzernes Vogelhäuschen, das schief an einem Baumstamm hing.

»Von der Polizei sind Sie?«, fragte Franker und zupfte ein Taschentuch aus Stoff aus der Tasche ihrer Schürze. »Es ist doch nichts passiert? Mit meinen Jungs?« Sie zerknüllte das Tuch in ihren Händen und knetete es, als wollte sie sich daran festhalten.

»Nein, nein«, antwortete Saalmüller schnell. »Wir haben ein paar Fragen zu Ihrem Mann.«

»Den habe ich schon eine Weile nicht mehr gesehen. Und wenn sogar die Polizei nach ihm sucht...«

»Wir suchen nicht nach ihm, Frau Franker«, sagte Hütter. »Wenn Sie Ihren Mann beschreiben müssten...«

»Ex-Mann. Wir leben getrennt, er wollte es so«, warf Franker ein. Wut huschte über ihr Gesicht, als sie das Taschentuch zurück in die Schürze tat.

Saalmüller wechselte mit Hütter einen kurzen Blick, dann wandte sie sich wieder der Frau zu. »Wenn Sie Ihren Ex-Mann beschreiben müssten«, begann sie von vorn, »was würden Sie über ihn sagen?«

»Sie meinen über seinen Charakter? Er ist kein einfacher Mensch. Wenn es nicht nach ihm geht, wird er böse. Und was der eifersüchtig ist, der Bert.« Barbara Franker schüttelte den Kopf. »Das hat er nie abgelegt, die ganzen Jahre nicht. Dabei habe ich ihn nie betrogen, im Gegensatz zu ihm.« Erneut verzerrten sich ihre Züge wütend, bevor sie sich wieder unter Kontrolle bringen konnte.

»Sie haben gesagt, er wird böse. Ist er gewalttätig, oder wie äußert sich das?«

»Geschlagen hat er mich nie, auch die Kinder nicht, aber ständig geschimpft und gemeckert. Endlose Litaneien waren das. Sowas kann einen fertig machen, glauben Sie mir.«

»Er lebt jetzt bei seiner Freundin«, warf Hütter ein.

»Dieses Miststück. Die hat ihn umgarnt. Und er hat sich von ihr einwickeln lassen.«

Saalmüller überlegte. »Sie müssen ihn hassen.«

»Wie würden Sie sich denn fühlen, wenn Sie hintergangen werden?«

»Wahrscheinlich schlecht.«

»Genau.« Frankers Blick verlor sich in der Ferne. »Irgendwie fehlt er mir trotzdem.«

Die Wohnungstür wurde geöffnet. Laute Kinderstimmen tönten durch den Flur, begleitet von Lachen. Barbara Franker drehte den Kopf. »Unsere Jungs, die Schule ist aus.«

Die Kommissare verabschiedeten sich. Auf der Straße sagte Hütter: »Du hast ihr keine Telefonnummer gegeben.«

»Wozu? Wir wissen, wie Bert Franker tickt.«

Wenn das mal stimmt, dachte Hütter, als er sich hinter das Steuer seines Wagens schob.

Neun

Missmutig betrachtete Dennis Angerer die tief-hängenden Wolken. Als er gestern in seiner Wohnung nach dem Rechten sehen wollte, war er der Mäschle aus dem Erdgeschoss über den Weg gelaufen. Die alte Vettel hatte ihn wieder mal vollgetextet, und wie immer hatte er ihre Tirade an sich vorbeirauschen lassen, ohne zuzuhören. Bis sie die Polizei erwähnt hatte, da war er aufmerksam geworden. Wenn die Alte die Wahrheit gesagt hatte, waren die Bullen im Haus gewesen, um zu erfahren, wo er war. Das war ein Schock. Er war in seine Bude gestürzt und hatte wahllos Klamotten zum Wechseln in eine Tasche geworfen, um danach abzuhauen. Die Bullen waren die letzten, die er sehen wollte.

Er setzte die Bierflasche an die Lippen und trank in großen Schlucken. Hier konnte er nicht mehr lange bleiben, so viel stand fest. Diese Apothekerin war misstrauisch, er hatte es in ihren Augen gesehen. Was er brauchte, war ein neuer Unterschlupf, was Abgelegenes, wo er eine Weile untertauchen konnte. Aber erst musste er noch diese Sache zu Ende bringen.

Während er sich vom Anblick der Wolken abwandte, schweifte sein Blick durch den Raum. Die schweren Möbel waren im Laufe der Zeit dunkel geworden, nur an den Kanten war noch die ursprüngliche Farbe des Eichenholzes zu erkennen. Außer einem Monstrum von Schrank gab es eine Anrichte, zwei durchgesessene Sessel, einen Tisch und die Couch, auf der sein zerknülltes Bettzeug lag. An der Wand neben der Tür hing ein billiger Da-Vinci-Druck, die Mona

Lisa. Als er sich auf das Sofa fallen ließ, schien ihr Blick ihn zu verfolgen, eine Täuschung, doch er konnte dieses Ich-sehe-dich-Gefühl einfach nicht abschütteln. Ihr wissendes Lächeln ging ihm auf die Nerven, das ganze Haus ging ihm auf den Keks. Er ballte die Fäuste. Am liebsten hätte er alles kurz und klein geschlagen, aber das durfte er nicht. Nur nicht auffallen, daran musste er sich halten.

Frustriert leerte er die Flasche, stellte sie neben die anderen auf den Tisch und öffnete mit einem Plopp die nächste. Seine Hände zitterten dabei, und er sprang so abrupt auf, dass die Flasche umkippte. Das Bier verschwamm in einer Lache.

Auf dem Sessel lag sein Rucksack, Angerer riss ihn an sich und kippte den Inhalt aus. Er fand das zusammengeknüllte Papier und wickelte es auseinander, bis ein Klumpen zum Vorschein kam. Opium. Es gab eine Menge Arten, das Zeug zu konsumieren: aufgelöst in Alkohol, als Essen oder geraucht – er kannte alle, aber seine Methode war einfach. Achtlos wischte er mit der flachen Hand das verschüttete Bier vom Tisch, knipste ein kleines Stück von dem Klumpen ab, nicht größer als eine Streichholzkuppe, legte es auf einen Löffel und hielt sein Feuerzeug darunter. Das heiße Metall verbrannte die Finger, doch er achtete nicht darauf, sondern wartete, dass das Opium zu rauchen begann. Als es so weit war, stülpte er ein Glas über den Löffel und fing den Rauch auf. Schon während er zusah, legte sich die Unruhe. Er hielt einen Trinkhalm in das Glas und nahm den ersten Zug. Die Wirkung kam sofort. Die Bullen konnten ihn mal. Gelöst sank er auf das Sofa und döste vor sich hin.

Irgendwann schlug er die Augen auf. Er starrte an die Decke. Da war ein Geräusch gewesen, es hatte ich geweckt. Er wandte den Kopf, und dann sah er sie in der Tür stehen. Mariella Rabner. Verdammt, ausgerechnet die.

»Was machen Sie hier?« Seine Stimme glich einem Krächzen, und er räusperte sich.

»Die Haustür, sie stand offen. Ich wollte nur nachsehen, ob alles in Ordnung ist.«

Angerer stemmte sich auf die Ellenbogen. »Geben Sie mir eine Kippe.«

»Tut mir leid, ich rauche nicht. Ich wollte Sie auch nicht stören, aber dann habe ich Sie hier liegen sehen. Brauchen Sie Hilfe?«

»Sie kommen zu spät«, sagte er rau, stand auf und bückte sich nach seiner Lederjacke auf dem Fußboden. Aus der Tasche angelte er ein zerknautschtes Zigarettenpäckchen und schob sich eine Zigarette zwischen die Lippen.

Mariella zeigte auf den schmierigen gelben Klumpen auf dem Tisch. »Nehmen Sie das regelmäßig?«

»Kommt darauf an, was Sie unter regelmäßig verstehen. Ich brauche es nicht, aber ich will es.«

»Warum?«

Er zuckte mit den Schultern. »Und Sie? Haben Sie schon mal Opium geraucht?«

Mariella schüttelte den Kopf. »Einmal habe ich Haschisch probiert, im Urlaub, aber mir ist davon schlecht geworden.«

Eine Weile rauchte er schweigend. Die Kleine gefiel ihm, sie war hinreißend, aber er musste vorsichtig sein. Es war die falsche Zeit und der falsche Ort. »Die Chinesen sind Experten, was das Opium betrifft. Das Land ist überschwemmt.

Dagegen ist das hier gar nichts.« Er wickelte den restlichen Brocken wieder in das Papier.

»Wir sind nicht in China«, sagte Mariella.

»Und deshalb verurteilen Sie, was ich mache. Das meinen Sie doch, oder?«

»Ich…das steht mir nicht zu.« Mariella wandte sich zum Gehen. »Verzeihen Sie, wenn ich Sie gestört habe, das wollte ich wirklich nicht. Ich habe mir nur Sorgen gemacht.«

»Ich sollte Ihnen dankbar sein.«

Sie lächelte ein bisschen, und wieder war er überrascht, wie sehr das Lächeln sie veränderte. Wirklich reizend, die Kleine.

Seit dem Leichenfund waren zwei Monate vergangen. Der Winter war dem Frühjahr gewichen. An Sträuchern und Bäumen brachen die Knospen auf, Narzissen und Osterglocken blühten um die Wette und reckten ihre hellen Kelche der Sonne entgegen. Noch zog ein empfindlicher Wind über die Heide. Bald würde auch er sich dem kommenden Sommer beugen.

Jeden zweiten Tag hatte Hütters Handy-Mailbox geblinkt, und der Text war immer der gleiche gewesen: *Wann kommst du, Junge? Deine Mutter braucht dich.* An diesem Morgen hatte sein Vater eine neue Nachricht hinterlassen. *Mutter hat nicht mehr viel Zeit. Komm, so schnell du kannst.*

Kaum im Büro hatte sich Hütter ein paar freie Stunden ausbedungen. Natürlich hatten alle Verständnis gehabt, da die Mutter doch im Sterben lag. Nun war er auf der Autobahn unterwegs, wo immer es ging in der linken Spur, getrieben von der Angst, dass er zu spät in Bamberg ankommen könnte. Während die Landschaft an ihm vorbeizog, dachte er an Mutter, diese zierliche Person, die aussah, als könnte jeder Windstoß sie umpusten. Der Anschein täuschte. Er wusste, wie stark und unbeugsam sie sein konnte, vor allem, wenn es um ihn gegangen war.

In seiner Klasse hatte es diesen Jungen gegeben, Marcus, einen Kopf größer als er und doppelt so breit und davon überzeugt, dass alle nach seiner Pfeife tanzen müssten. Er nicht. Die Folge waren ein zerrissener Anorak und ein blaues Auge gewesen. Am nächsten Tag war Mutter in der Schule aufgekreuzt, hatte Marcus vor allen beiseite genommen und auf ihn eingeredet, eine halbe Stunde lang, und obwohl niemand hören konnte, was sie sagte, war Marcus danach ganz kleinlaut gewesen. Sogar entschuldigt hatte er sich und sein ganzes Taschengeld rausgerückt, damit er sich eine neue Jacke kaufen konnte. Die Erinnerung ließ Hütter grinsen. Beim Klassentreffen vor vier Jahren hatte Marcus so getan, als wäre er sein bester Freund und ihm Grüße an die Mutter ausgerichtet. Da hatte sie die erste Chemotherapie gerade hinter sich gebracht.

Hütter verließ die A9 und fuhr rechts raus auf die Auffahrt zur A 40.

Die Diagnose Brustkrebs hatte das Leben verändert. Mutter war gerade fünfundvierzig geworden. Er sah sie noch am Kaffeetisch sitzen, vor sich den Strauß roter Rosen von Vater und einen Stapel Glückwunschkarten, obendauf ein neutraler weißer Briefumschlag. Darin hatte der Befund gesteckt. Scheiß-Timing. Mutter hatte geweint. Er sah noch immer ihre geröteten Augen, hörte ihr leises Schluchzen. Doch später hatte sie sich gestrafft und kämpferisch das Kinn gereckt.

Sie hatte sich nicht unterkriegen lassen, sondern gekämpft, auch um seinetwillen. *Ich will noch meine Enkel sehen.* Daran hatte sie sich geklammert. Letztendlich war es ihr ja auch gelungen, den Brustkrebs zu besiegen. Aber vor einem Jahr hatte sie wieder einen Tumor bekommen, Diesmal an der Leber.

Hütter fasste das Lenkrad fester und presste die Lippen aufeinander. Er steckte den USB-Stick mit den AC/DC-Titeln ins Radio und drehte die Lautstärke auf. *Highway to Hell.* Die Originalversion, keine gecoverte. Die Musik brauste über ihn hinweg und riss die Gedanken mit.

Eine dreiviertel Stunde später stieg er vor dem Klinikum Bamberg in der Bugerstraße aus dem Wagen und lief ein wenig steifbeinig zur Rezeption um sich zu erkundigen, wo seine Mutter untergebracht war. Die Frau hinter dem Tresen aus hellem Holz schickte ihn in die Onkologie in den dritten Stock.

Inge Hütter lag ein einem Einzelzimmer, das sich in nichts von den typischen Krankenzimmern unterschied. Ein Blick von Hütter genügte, um das Umfeld zu erfassen, in dem seine Mutter behandelt wurde: hellgelbe Wände, ein Fenster und davor ein kleiner quadratischer Tisch mit zwei Stühlen. Alles war in beige gehalten, sogar die Decke, die auf dem Tisch lag.

Er trat an das Bett in der Mitte des Raumes und atmete tief ein. Die Frau in dem Bett glich kaum noch dem Bild, das er in sich trug. In ihrem Arm steckte eine Kanüle. Sie war mit einem Schlauch verbunden, durch den Tropfen aus einem Behälter krochen, der über ihrem Bett angebracht war. Ihre Wangen waren stark eingefallen, und selbst die dicke Decke konnte nicht verbergen, wie dünn ihr Körper war. Ausgezehrt, schoss ihm durch den Kopf, und er war froh, dass die Mutter die Augen geschlossen hatte und sie nicht merken konnte, wie erschrocken er war.

Auf dem Nachttisch tickte ein Wecker, er hatte ihn noch nie bei ihr gesehen. Vielleicht hatte Vater ihn gekauft, damit Mutter wusste, wie spät es war. Als würde das eine Rolle spielen!

Leise zog er einen Stuhl neben ihr Bett und setzte sich. Während er auf ihren Atem lauschte, dachte er an seinen Fall. Noch immer hatte er keinen Hinweis auf die Identität des Toten und noch weniger auf die des Täters. Falls es überhaupt ein Mann gewesen war, berichtigte er sich, aber eigentlich war er sich da ziemlich sicher. Um jemandem den Schädel einzuschlagen, brauchte es Kraft, und außerdem war ein Totschläger eine Waffe, die eher von Männern als von Frauen benutzt wurde.

»Veit…«

Er hatte nicht bemerkt, dass seine Mutter die Augen aufgeschlagen hatte und ihn musterte. Angesichts ihres mühsamen Lächelns schluckte er.

»Sitzt du schon lange hier?«, fragte sie. Ihre Stimme war brüchig, als hätte sie ewig nicht mehr gesprochen.

»Ein paar Minuten nur. Wie geht es dir?« Im selben Augenblick hätte er sich für die Frage ohrfeigen können. Ihr Gesicht war verzerrt, und um den Mund herum lagen tiefe Falten. Es war offensichtlich, dass sie Schmerzen hatte.

»Ich habe geträumt, von Papa und von dir, und dass du kommst. Und jetzt bist du da. Ich wollte dich so gern noch einmal sehen, bevor ich…«

»Bitte, sag es nicht.«

Sie seufzte. »Ach Junge, der Tod ist nicht das Schlimmste, was einem passieren kann, das weißt du, du bist Polizist. Ich werde sterben, warum sollen wir darum herumreden? Aber ich möchte dich um etwas bitten.«

Hütter nahm ihre Hand und strich sanft über ihre Finger, die so dünn, so zerbrechlich waren, und plötzlich hockte eisige Kälte in seiner Brust.

Und dann kam, wovor er sich gefürchtet hatte.

»Ach, Veit. Ich weiß, dass ihr nicht die besten Freunde seid, dein Vater und du, aber kümmere dich um ihn, wenn ich nicht mehr da bin.«

»Mama, bitte …«

»Versprich es mir.«

»Mama …«

»Bitte, Veit, das ist alles, was ich will.«

Hütter nickte schwach. Er hatte keine Ahnung, wie er das anstellen sollte, er wusste nur, dass er alles für sie tun würde. Mit einigen Handgriffen schob er das Kopfkissen zurecht, obwohl es perfekt lag. Er musste seine ganze Kraft aufbieten, um die aufsteigenden Tränen zurückzuhalten.

»Ich bin müde, Junge.« Seine Mutter schloss die Augen. Ihr Brustkorb hob und senkte sich kaum wahrnehmbar unter der Decke. Hütter presste die Lippen aufeinander, um nicht zu weinen.

Nach einer Stunde klopfte es an der Tür, und sein Vater trat ein. Statt einer Begrüßung nickte er ihm zu.

»Sie schläft«, sagte Hütter.

»Das tut sie meistens. Ich habe dich angerufen und Nachrichten hinterlassen, wie sehr sie dich braucht und dass du kommen musst. Hast du sie nicht abgehört?«

»Jetzt bin ich ja da.« Nur zwei Minuten hatten genügt, dass er den Wunsch verspürte zu fliehen.

Sein Vater drückte der Mutter sanft einen Kuss auf die Stirn.

»Ach Veit, ich will sie nicht verlieren«, sagte er und seufzte. Es klang wie das Reißen von feuchtem Papier.

Hütter ballte die Hände zu Fäusten. Ihm war, als würde er in einem nebligen Loch stecken.

»Die Ärzte sagen, dass sie deiner Mutter nicht mehr helfen können.« Sanft strich er die Haare aus ihrer Stirn.

Die Bewegung ließ Hütter an einen Schmetterling denken. Mühsam kämpfte er die erneut aufsteigenden Tränen hinab. »Ärzte irren sich öfter, als man denkt.«

Der Sekundenzeiger des Weckers hatte eine Umdrehung geschafft, und es klickte leise, als der Minutenzeiger einen Strich weiterrückte.

»Der Tod gehört zu deinem Geschäft, aber das hier…« In Martin Hütters Gesicht spiegelte sich Kummer und Verzweiflung wider, und Hütter dachte zum ersten Mal daran, dass sein Vater genauso litt wie er selbst.

»Lass uns einen Kaffee trinken gehen«, sagte er.

Nebeneinander gingen sie die Treppen hinab zur Cafeteria des Klinikums. In einer Ecke fanden sie einen freien Tisch. Während Veit Hütter zwei Kaffee holte, nahm sein Vater Platz. Kurz darauf kam er zurück und setzte sich ihm gegenüber. Der Kaffee schmeckte unerwartet gut.

»Wie lange bleibst du?«, fragte sein Vater.

»Ich fahre gleich wieder nach Sachsen zurück.«

»Junge …«

»Hör zu, Vater«, fiel Hütter ihm ins Wort. »Ich kann nicht bleiben, ich muss einen Mörder fassen. Es ist verdammt dringend.«

»Das ist es bei dir immer.«

Hütter holte tief Luft, doch er unterdrückte die Worte, die ihm schon auf der Zunge lagen. Sein Vater sah erschöpft aus. Tiefe Augenringe zeugten davon, dass er kaum schlief, und vermutlich aß er auch zu wenig. Das Sakko war viel zu weit für den schmalen Leib, und auch das Hemd warf Falten, die früher nicht dagewesen waren. Es war falsch zugeknöpft. Noch so etwas, dass es früher bei Vater nie gegeben hätte.

»Ich muss los«, sagte er schließlich leise. »Aber ich melde mich, sobald ich kann.«

Es war nach sechzehn Uhr, als Veit Hütter in der PD ankam. Seit einer Stunde schon saßen die Mitglieder der Mordkommission zusammen, glichen die Untersuchungsergebnisse ab und tauschten Erkenntnisse aus. Als Hütter dazustieß, wurde er mit einem allgemeinen Nicken begrüßt.

»Gibt es was Neues?«, fragte er in die Runde.

Kopfschütteln antwortete ihm.

»Was ist mit der Anzeige in der Hautarzt-Zeitschrift?«

Trotz des engen Zeitplanes der Redaktion war es Matula gelungen, das Foto des Tattoos des Toten sowie einen Aufruf mit der Bitte um Mitarbeit bei der Identifizierung in der neusten Ausgabe unterzubringen. Vor einer Woche war sie erschienen.

»Bis jetzt negativ«, antwortete Tom Krammel.

»Vielleicht ist es noch zu früh, dass sich einer der Ärzte meldet. Falls es überhaupt jemand zugeben will, dass er es entfernt hat. Es soll ja nicht gerade eine Profiarbeit gewesen sein, wie es heißt.«

»Wir gehen an die Öffentlichkeit und bitten die Bevölkerung um Mithilfe. Ich hole die Genehmigung der Staatsanwaltschaft, dann legen wir los.« Hütter entließ die Frauen und Männer in den Feierabend. Im Moment gab es ohnehin nicht viel, was sie tun konnten.

Zehn

Volle sechzig Minuten lang hatte sich Sophie Steinhuber auf dem alten Hometrainer abgestrampelt, den Blick starr auf die Uhr gerichtet. Erfolg gleich Null. Wie erniedrigend nach der ganzen Schufterei, die noch dazu öde war. Sicher, sie könnte in Klara-Zetkin-Park joggen gehen. Aber nein, nicht sie. Es war kein schöner Anblick, wenn sich Menschen mit einem zu hohen Bodymaßindex sportlich betätigten, und sie würde nur mitleidige Blicke kassieren. Oder ein hämisches Grinsen, das war genauso schlimm.

Sophie warf sich das bunte, weit geschnittene Kleid über, das sie von einem Urlaub in Kenia mitgebracht hatte, und ging in die Küche. Im Kühlschrank lag noch ein gebratenes Schnitzel vom Vortag. Sie dachte an Angel. Schnitzel mit Pommes war sein Lieblingsessen, und er hatte ihre Kochkünste zu schätzen gewusst. Vielleicht sollte sie es für ihn aufheben? Doch seit seinem Auftauchen im Pub hatte sie ihn nicht wieder gesehen. War auch besser so, denn trotz aller Sehnsucht hatte sie vor ihm Angst.

Sophie würgte das Schnitzel mit einer Riesenportion Ketchup runter und spülte mit einer Cola Light nach, dann ging sie ins Wohnzimmer und machte es sich vor dem Fernseher bequem. Es war Sonnabendabend kurz vor sechs. Im MDR lief eine Reportage, von der sie gar nicht wissen wollte, wovon sie handelte. Sie zappte weiter und landete bei einer Sendung über einen Trainer, der Problemhunden Gehorsam beibrachte. Ein Hund war schon lange ihr Traum, doch bis jetzt hatte sie keinen gefunden, der zu ihr passte. Nicht zu groß durfte er werden, die Zweiraumwohnung bot nur wenig Platz, aber zu klein sollte er auch nicht sein. Sie war schließlich keine Tussi, die sich ein Fellknäuel unter den Arm klemmte.

Der Trainer hatten seinen Job erledigt, und sie schaltete weiter. Im Ersten kam die Sportschau. Als ob es nichts Besseres gäbe. Weiter.

Das Bayrischen Fernsehen brachte einen Tierfilm. Eine Weile starrte sie auf die Mattscheibe, auf der ein Leopard eine Gazelle durch die Serengeti jagte. Serengeti ging auf Maa zurück, die Sprache der Massai, es bedeutete endloses Land. Das hatte ihr der kenianische Führer erklärt, damals, im Urlaub. Er war nett gewesen, dunkel wie die Nacht mit einem schneeweißen Gebiss und einem breiten Dauerlächeln. Obwohl keine Ähnlichkeit bestand, hatte er sie an Angel erinnert. Es war die Art, sich zu bewegen, und wie er sie angesehen hatte. Mit diesem Blick hatte Angel sie jedes Mal rumgekriegt, egal, wie sauer sie auf ihn war. Dabei hatte sie immer gewusst, dass er sie verletzen würde. Als Kellnerin war sie fast sowas wie eine Psychologin. Sie wusste, wie Leute funktionierten, und sie wusste auch, dass die Seele verwundbar war. Fünf Jahre, drei Monate und siebenundzwanzig Tage. So ein Scheißkerl.

Sophie nahm das Buch in die Hand, das sie am Vormittag gekauft hatte: *Wie du Menschen loswirst, die dir nicht guttun, ohne sie umzubringen.* Ein Spiegel-Bestseller. Sie versuchte zu lesen, doch als sie feststellte, dass sie nichts von dem behalten hatte, was da geschrieben stand, schlug sie das Buch wieder zu und griff nach dem nächsten. *Karibische Affaire* von Agatha Christie. Der Titel erinnerte sie an Kenia, auch wenn Afrika nicht in der Karibik lag. Aber heiß war es dort nicht weniger. Unerwartet schnell tauchte sie in die Handlung ein. Miss Marple, ein ältliches Fräulein, stolperte im Urlaub über eine Leiche, konnte sich nicht mit einem natürlichen Tod abfinden und begann zu ermitteln. Sophie las Seite um Seite, getrieben von dem Verlangen, das Ende zu erreichen. Irgendwann fielen ihr die Augen zu.

Als sie Stunden später erwachte, war es schon heller Tag. Sie stemmte sich aus dem Sessel und reckte sich, um die Verspannungen im Nacken zu lösen. Das Buch lag auf dem Boden, es war in der Nacht von ihrem Schoß gefallen. Sophie bückte sich und hob es auf. Einige Seiten waren geknickt, sie strich sie glatt und stellte das Buch in das Wandregal zu ihren übrigen Büchern.

Nach einer warmen Dusche zog sie sich an und lief zu Bäcker Schmiz um die Ecke. Ein Morgen hatte mit frischen Brötchen zu beginnen. Schmiz hatte schon eine Tüte vorbereitet. »Eine Zeitung dazu?«

»Da steht doch nur Mist drin«, sagte Sophie, nahm dann aber doch den *Sachsen-Sonntag* mit.

Zu Hause deckte sie in der Küche den Tisch. Butter und Marmelade, das reichte ihr. Als der Kaffee fertig war, bestrich sie ein Brötchen, und während sie aß, schlug sie die Zeitung auf. Wie erwartet war sie voll von Schlagzeilen über längst vergangene politische Affären und Betrugsfälle sowie von Berichten über Verkehrsunfälle, in erster Linie am Unfallschwerpunkt Hauptbahnhof, wo sich gewöhnlich Radfahrer, Fußgänger und Autos um die Vorfahrt stritten. Schon wollte sie das Blatt zusammenlegen, da fiel ihr Blick auf den Aufruf der Polizei mit einem Foto von einem

verschlungenen Tattoo. *Wer kennt dieses Tattoo?*
Wer vermisst eine männliche, dunkelhaarige Person,
1,80 m groß, etwa dreißig Jahre alt?

Ein Zittern lief über Sophies Körper. Das angebissene Brötchen fiel aus ihrer Hand und landete mit der Marmeladenseite auf dem Tisch.

Die Zeit schien stillzustehen. Stumm bewegten sich ihre Lippen, als sie den Text ein zweites und drittes Mal las. Ein Irrtum, das musste ein gottverdammter Irrtum sein.

Mariella stand am Fenster ihres Schlafzimmers und starrte auf das gegenüberliegende Haus. Die Vorhänge waren zugezogen, so dass sie nicht ins Innere blicken konnte. Sie dachte an den Mann. Angel. Was für ein sonderbarer Name. Na ja, der ganze Typ war sonderbar, und das nicht nur, weil er Opium rauchte, als wäre es das Normalste der Welt. Komisch, dass so einer mit einem derart unauffälligen Menschen wie Oshold befreundet war. Falls das mit der Freundschaft überhaupt stimmte. In den Jahren, die Oshold im Dorf lebte, hatte er nie Besuch gehabt.

Andererseits wohnte Angel in dem Haus, als hätte er dazu jedes Recht. Ein Einbrecher würde sich anders verhalten, oder etwa nicht?

Mariella zog die Unterlippe zwischen die Zähne und massierte mit dem Zeigefinger die tiefe Falte, die sich über ihrer Nase gebildet hatte.

Das Klappen einer Tür unten im Haus riss sie aus ihren Überlegungen. Sie lief die Treppe hinab in die Küche, wo Lore das Frühstück machte. Der Geruch gebratener Eier hing in der Luft.

»Seit wann bist du schon auf?«, fragte sie. Normalerweise war sie morgens die Erste.

»Ein Weilchen schon, ich konnte nicht mehr schlafen.« Lore deutete mit dem Rührlöffel in der Hand auf Osholds Haus. »Der Typ da drüben hat einen Riesenkrach gemacht. Du hast wohl nichts davon mitgekriegt, oder?«

»Nein.« Mariella füllte Trockenfutter in Juans Napf und stellte ihn vor dem Hund ab. Während Juan futterte, als hätte er seit Ewigkeiten nichts bekommen, hockte sie sich neben ihn und kraulte ihn zwischen den Ohren. Ihre Gedanken rasten. Hatte Angel wieder Drogen genommen und die Kontrolle verloren? Ging es ihm schlecht? Hatte er sich womöglich verletzt?

»Gott sei Dank ist der Typ weg«, sagte Lore.

Mariella schoss in die Höhe. »Was?«

»Er ist auf ein Motorrad gestiegen und losgebrettert. Das hat vielleicht geknattert, kann ich dir sagen.«

»Motorrad?«, piepste Mariella.

Lore drehte sich zu ihr um, die Stirn gerunzelt. »Du hörst dich komisch an. Was ist los?«

Marielle spürte die Hitze, die ihre Wangen rosa färbte.

»Aha, ich hab's kapiert.« Lore grinste.

»Gar nichts hast du kapiert.«

»Du stehst auf diesen Kerl. Fakt.«

»Blödsinn. Ich mache mir bloß Sorgen. Um den Oshold.« Die Antwort war als Ausrede gedacht, doch nun, wo sie es gesagt hatte, wurde Mariella klar, dass es stimmte. Sie sorgte sich tatsächlich um ihren Nachbarn, um Angel allerdings auch. Er hatte nicht erwähnt, dass er wegfahren würde. Er hatte auch nicht gesagt, dass er ein Motorrad hatte. Bis jetzt hatte sie angenommen, dass er mit dem Bus nach Sabnitz gekommen war.

Lore drapierte die Spiegeleier auf zwei Teller und setzte sie auf dem Küchentisch ab. »Der Oshold muss eine Menge Vertrauen in den Typen haben, dass der ihm nicht nur sein Haus, sondern auch sein Motorrad überlässt.«

Marielle beugte sich über ihren Teller, damit Lore ihr Gesicht nicht sehen konnte. Eines wusste sie genau: Roland Oshold hätte niemals sein Motorrad verborgt. Es war ein Geschenk, an dem sein Herz hing, das hatte er ihr einmal erzählt, und auch, dass er nie fremde Hände daran lassen würde.

»Du wolltest doch zu diesem sexy Kommissar, dem Hütter. Warst du?«, fragte Lore zwischen zwei Bissen.

»Er war nicht da.« Mariella straffte sich. »Ich rufe ihn an, jetzt gleich.« Sie angelte ihr Handy vom Schrank und wählte Hütters Nummer, doch er ging nicht ans Telefon.

Veit Hütter starrte die Frau an, die vor ihm stand. Gegen zehn hatte sie nach ihm gefragt, und der Wachhabende hatte sie zu ihm ins Büro geführt. Sophie Steinhuber, das war ihr Name. Er bat sie, auf dem Stuhl Platz zu nehmen, der dem Schreibtisch gegenüberstand. Ein Teil von ihm weigerte sich zu glauben, dass er endlich mal Glück hatte, während sich ein anderer Teil an die Hoffnung klammerte, dass diese Frau ihn soeben ein entscheidendes Stück weitergebracht hatte.

»Sie kennen den Mann mit dem Tattoo?«, vergewisserte er sich.

»Es sieht wie das aus, das mein Bruder hat, jedenfalls so ähnlich, ganz sicher bin ich mir nicht. Wer guckt sich sowas schon gründlich an.«

»Wie heißt er? Wo wohnt er?«

»Er heißt Roland. Roland Oshold, ich bin seine Halbschwester, und wo er wohnt, weiß ich nicht. Ich habe ihn seit Jahren nicht gesehen.«

Oshold? Bei dem Namen klingelte etwas, doch Hütter konnte sich nicht erinnern, wo er ihn gehört hatte.

»Die Personenbeschreibung passt?«, fragte er.

»Ungefähr, ja. Rolli ist größer als ich.« Sophie deutete eine Höhe an, die etwa zehn Zentimeter über ihrem Scheitel lag. »Er hat dunkle Haare.«

»Wann ist er geboren?«

»Am 03. August 1989.«

Demnach wäre Oshold jetzt einunddreißig, das Alter kam hin.

»Wann haben Sie ihn das letzte Mal gesehen?«, fragte Hütter.

»Vor vier, fünf Jahren, vielleicht?« Die Antwort klang wie eine Frage. »Früher, da haben wir uns nahegestanden, aber dann …«

»Dann?«

»Er hat er sich zurückgezogen, sich abgekapselt von mir. Ich kam einfach nicht mehr an ihn ran. Keine Ahnung, warum. Es war nun mal so.«

»Sie sagten, Sie wissen nicht, wo er wohnt. Gab es seit Ihrem letzten Zusammensein keinen einzigen Kontakt? Keinen Anruf? Keine E-Mail oder WhatsApp-Nachricht?«

Sophie schüttelte den Kopf. »Warum suchen Sie überhaupt nach ihm?«

»Um sicher zu sein, dass es sich tatsächlich um Ihren Bruder handelt, sind noch Überprüfungen notwendig. Sollte er sich inzwischen bei Ihnen melden, geben Sie mir bitte Bescheid.«

Kaum war Sophie Steinhuber gegangen, loggte

sich Hütter in die Zentrale Einwohnermeldedatei ein und startete die Suche. Kurz darauf blinkte die Anzeige auf.

»Roland Oshold, wohnhaft Dorfanger 7 in Sabnitz? Soll das ein Witz sein?« Hütter hatte das Dorf noch in Erinnerung. Ein idyllischer Ort, obwohl im letzten Jahr in der Nähe gleich zwei Leichen aufgetaucht waren. Beide gefunden von Mariella Rabner, der jungen Apothekerin.

Er rief Krammel an. »Wir fahren aufs Land.«

Während Sophie über den Parkplatz der Polizeidirektion lief, kramte sie den Autoschlüssel aus ihrer Handtasche. Sie erreichte ihren Kleinwagen und blieb erschrocken stehen. »Du?«

Angel griente. »Ich dachte mir, dass du zu den Bullen rennst.«

»Du hast die Meldung in der Zeitung also auch gelesen.«

»Rollis Tattoo und seine Beschreibung?«

»Vielleicht ist er es gar nicht«, erwiderte Sophie matt.

»Was hast du den Bullen erzählt?«

Sophie hatte das Autoschloss entriegelt und öffnete die Tür. »Nichts weiter.« Sie stieg ein.

Angel riss die Beifahrertür auf und ließ sich neben ihr auf den Sitz fallen. »Ach komm schon, du warst doch nicht zum Kaffeetrinken bei den Bullen.«

»Steig aus. Jetzt!«

»Sobald du mir gesagt hast, was du hier gemacht hast.« Er schnallte sich an. »Du kannst mich nach Leipzig mitnehmen, du fährst doch zurück?«

»Ich bin kein Taxi.«

»Nein, Süße, du bist viel mehr.«

Sie spürte seine Hand auf ihrem Oberschenkel, und ihr wurde heiß. »Bis zum Stadtrand, keinen Meter weiter.«

Angel nickte. »Da wir das nun geklärt haben – verrätst du mir endlich, was hier abgeht? Was hast du bei den Bullen gemacht?«

Der Druck seiner Hand verstärkte sich. Eine glühende Welle überrollte Sophie und nahm ihr den Atem.

»Sag es mir, Süße.« Angels Stimme war dunkel und verführerisch.

Verdammt nochmal, sie liebte ihn immer noch. »Ich habe Rollis Namen angegeben, mehr nicht.« Sie drehte sich zu Angel um und sah ihm in die Augen. »Ich bete, dass ihm nichts passiert ist.«

»Ich doch auch, Süße, ich doch auch.« Angel zog sie an sich und küsste sie, und Sophie konnte nur noch daran denken, wie sehr sie ihn begehrte.

Es war drei Minuten vor zwölf Uhr mittags, als Veit Hütter und Tom Krammel die PD verließen. Trübes Tageslicht sickerte durch die Wolken, die über den Häusern hingen wie dicke Kaperschiffe. Auf der Straße stauten sich die Autos. Krammel reihte sich ein und fuhr im Schritttempo bis zur Kreuzung, an der eine Ampel den Verkehr regelte. Während er wartete, schob er eine CD in den Player. »Ich liebe Andrea Berg.«

Hütter verzog den Mund. »Fahr! Es ist grün.«

In Höhe des Sabnitzer Ortseingangsschildes klingelte sein Telefon. Siebel war dran. Das Ordnungsamt hatte Osholds Prints geschickt, die er dort im Zuge der Beantragung eines Reisepasses hinterlegt hatte. Sebastian Tutzler hatte sie mit den Fragmenten verglichen, die Marie Simon trotz der schwierigen Umstände doch noch an der Leiche gesichert hatte. Sie waren identisch.

»Es steht fest, dass unser Toter Roland Oshold ist«, sagte Hütter zu Krammel, und dann orderte er einen Schlüsselspezialisten. Wer weiß, was sie in Osholds Wohnhaus fanden.

Das Haus empfing sie nicht mit der Stille, die typisch war für Wohnungen, aus denen das Leben verbannt war. Im Gegenteil, Hütter hatte das Gefühl, dass noch vor kurzem jemand in den Räumen gewesen war. Jetzt allerdings hing Leere in ihnen, während draußen die alltägliche Geschäftigkeit vorbeirauschte, sofern man in einem kleinen Dorf wie Sabnitz überhaupt davon sprechen konnte. Wenige Autogeräusche, und ab und zu das Läuten, wenn jemand die gegenüberliegende Apotheke betrat. Hütter zwang sich, nicht daran zu denken, dass Mariella Rabner ganz in seiner Nähe war.

Im Flur hing eine Jacke an der Garderobe, darunter stand ein Paar Turnschuhe. Hütter hatte Tutzler informiert, der würde mit seinen Leuten das Haus gründlich untersuchen.

Er reichte Krammel ein Paar Vinylhandschuhe, dann streifte er selbst welche über und fasste in die Taschen der Jacke. Sie waren leer.

»Lass uns die Wohnstube checken«, sagte er.

Das Zimmer sah aus, als wäre ihr Bewohner nur mal kurz rausgegangen. Auf den dunklen Eichenmöbeln war kein Staub zu sehen. Auf dem Sofa lagen mehrere Kissen. Sie waren zerdrückt, und auf einem war der Abdruck eines Kopfes zu erkennen. Jemand hatte auf der Couch gelegen. Der Couchtisch war aus Holz, die Platte war mit

Glas bedeckt. Es roch nach schalem Bier und Zigarettenrauch.

»Ich fresse einen Besen, wenn wir hier keine Fingerabdrücke finden.« Krammel schob die auf dem Tisch liegende Fernsehzeitung zur Seite. Sie war aufgeschlagen, der Apparat war auf Stand-by gestellt. An der Wand dem Fenster gegenüber hing ein Bild, der billige Druck von Da Vincis *Mona Lisa*.

Sie setzten die Runde fort und kamen in die Küche. Weiße Hochglanzmöbel enthielten Geschirr, Besteck, Töpfe und Pfannen. Alles war sauber, die Spüle war leer. Über dem Kochfeld hing ein Regal an der Wand, auf dem mehrere Porzellandosen standen mit Etiketten, die Hütter nichts sagten. Es waren Namen wie African Summer, Golden Needle oder Pu Ehr.

Krammel nahm eine Dose herunter, öffnete sie und steckte seine Nase hinein. »Das ist Tee, und was für einer. Unser Mann hatte einen ausgefallenen Geschmack. Solche Sorten gibt es nicht um die Ecke beim Discounter zu kaufen.«

»Schreib sie auf. Wir schicken jemanden in die Teeläden der Umgebung, vielleicht erinnert man sich dort an Oshold.«

Im Kühlschrank fanden sie nichts, abgesehen von einer Literflasche Wodka, die noch nicht angerissen war.

Zurück im Flur gingen sie die Treppe hinauf ins Obergeschoss. Es gab zwei Türen, eine mit einem Oberlicht aus Glas, die andere aus Holz. Hütter nickte in Richtung der Holztür, hinter der er das Schlafzimmer vermutete.

Krammel drückte die Klinke und stieß die Tür auf.

Das Bett war gemacht, es war ein Einzelbett. Eine dunkelrote Tagesdecke lag ausgebreitet auf den Kissen.

Hütter öffnete den Kleiderschrank. Auf den Bügeln hingen Jeans, Stoffhosen, Jacken, T-Shirts und einige Hemden. In einem Fach fand er Unterwäsche und Strümpfe, in einem zweiten noch mehr Shirts, alle Kante auf Kante gelegt wie in einem Bekleidungsgeschäft. Auf Youtube konnte man eine Anleitung finden, bei der Frauenhände mit ein paar Griffen aus einem normalen Oberteil ein akkurat gefaltetes Päckchen machten. Hütter hatte den Clip eher zufällig gesehen, und obwohl es einfach aussah, hatte er nie begriffen, wie es funktionierte.

»Bleibt noch das Bad«, sagte Krammel.

Aber auch dort war nichts Ungewöhnliches zu entdecken, nur eine Toilette, daneben ein Waschbecken und gegenüber dem Fenster eine Duschkabine. Alles glänzte wie neu. Einen Schrank gab es nicht, und Hütter fragte sich, wo Oshold seine Kosmetikartikel aufbewahren mochte. Dinge wie Deo, Duschbad und Zahnputzzeug.

Auf dem Platz vor der Apotheke hielten mehrere Autos und spukten Polizisten in Uniform aus. Die Mitglieder der SOKO waren eingetroffen, auch Natalie Saalmüller. Sie sah blass aus.

Veit Hütter lief die Treppe hinab und zu ihnen hin. »Alle mal herhören. Wir beginnen mit der Haus-zu-Haus-Befragung.« Er teilte die Männer und Frauen ein und wartete, bis sie sich verstreut hatten. Dann ging er zu Krammel zurück und trug ihm auf, zum Bürgermeister von Sabnitz zu gehen und zu erkunden, was der über seinen toten Einwohner wusste. Mit Mariella wollte er selbst reden, schließlich wohnte sie dem Haus des Opfers direkt gegenüber. Dass er sich trotz des ernsten Anlasses darauf freute, behielt er für sich.

Ein Blick aus dem Fenster zeigte ihm, dass sie im Begriff war, die Apotheke zu öffnen. Er rannte aus dem Haus und über die Straße. Etwas außer Atem kam er bei ihr an. »Hallo, Frau Rabner.«

»Hallo, Herr Kommissar.«

»Polizeioberwachtmeister«, korrigierte Hütter und lächelte. Ihm war, als wäre seit dem Sommer kaum Zeit vergangen. Alles, was er damals für Mariella gefühlt hatte, war wieder da.

»Wie es aussieht, zieht es Sie wieder einmal in unseren Ort.« Mariella nickte in Richtung der Polizeiautos.

»Können wir irgendwo reden, ohne dass wir gestört werden?«

»Kommen Sie mit ins Haus.« Mariella sperrte die Apotheke wieder ab und bat ihn durch die nebenan liegende Haustür in ihr Wohnzimmer.

»Möchten Sie einen Tee? Oder lieber Kaffee?«

»Ein Kaffee wäre super.«

Sie verschwand in der Küche, und Hütter nutzte die Zeit, um sich umzusehen. An einer Wand stand ein Regal aus Kiefernholz mit mehreren Büchern. Er entzifferte die Titel, es waren ausnahmslos Ratgeber und Nachschlagewerke über Kräuter und Wildpflanzen.

Marielle kehrte zurück, in der rechten Hand zwei große Kaffeetassen, in der anderen einen Teller mit Schokoladenkeksen. »Selbstgebacken.«

»Danke, der Kaffee hätte völlig genügt.«

Hütter nahm ihr eine Tasse ab. Mariella setzte

sich auf die Couch. Als er neben ihr Platz nahm, streifte er ihren Arm, und sein Puls beschleunigte sich. Plötzlich saß in seinem Hals ein dicker Kloß. Er räusperte sich, doch er brachte keinen Ton heraus.

»Wie geht es Ihrem Chef?«, fragte Mariella schließlich, um die Stille zu unterbrechen.

»Wem?«

»Kriminalkommissar Breitmann.«

»Der ist zur Kur.«

»Und jetzt? Sind Sie jetzt der Boss? Warum sind Sie hier? Sie und die vielen Polizisten?«

»Der Herr Oshold von gegenüber, er ist tot. Er wurde ermordet.«

Mariellas Augen weiteten sich. »Du meine Güte, das ist ja schrecklich.«

»Wir befragen seine Nachbarn, also auch Sie. Das übliche Vorgehen, Sie kennen das ja.« Kaum heraus, bereute er die Anspielung. Er konnte nur hoffen, dass sie die Mordfälle vom letzten Jahr verarbeitet hatte. Sie hatte eine Freundin verloren und deren Tochter. So etwas konnte ein Trauma auslösen.

Andererseits hatte Mariella damals einen entscheidenden Beitrag zur Überführung des Mörders geleistet. Trotz der Gefahr, in die sie sich dafür begeben hatte. Nein, die Apothekerin sah nicht so aus, als wäre sie an den Morden zerbrochen. Hütter verlor sich in ihren Augen. Bernsteinaugen, das war alles, was ihm einfiel.

»Was wollen Sie denn wissen?«, fragte sie.

»Zunächst einmal: Was war Oshold für ein Mensch?«

»Ich kannte ihn kaum. Komisch, oder? Wo wir doch Nachbarn sind, und man sich in einem Dorf wie diesem nicht aus dem Weg gehen kann. Aber der Oshold war ein Eigenbrötler, mit dem wurde niemand so recht warm. Na ja, ich habe ab und zu nach ihm gesehen. Ob er was braucht oder so. Nur, wenn er mal eine Weile nicht draußen war.«

»Sie haben sich also um den jungen Mann gesorgt. Warum?«

Mariella lächelte. »Das war schon immer so, ich meine, dass die Apotheker sich kümmern und auf die anderen im Dorf achtgeben.«

»Haben Sie gemerkt, dass er weg war?«

»Ein paar Tage im Winter hat er den Schnee nicht vom Fußweg geschippt. Sonst hat er immer für einen freien Gehsteig gesorgt, daher habe ich mir zusammengereimt, dass was nicht stimmen kann. Das habe ich damals auch Ihrem Kollegen gesagt.«

»Welchem Kollegen?«

»Dem netten Älteren, mit dem Sie letztes Jahr hier waren. Siebel heißt er, wenn ich mich recht erinnere.«

Plötzlich fiel Hütter ein, dass Siebel ihm von Mariellas Anruf erzählt hatte. Verdammter Mist, wie hatte er das vergessen können?

»Und davor? Ist Ihnen da etwas aufgefallen?«

»Was denn?«

»Vielleicht hatte Oshold Besuch.«

»Nicht, dass ich wüsste.«

Eine Weile starrten sie beide in ihre Tassen.

»Es gibt da einen Freund«, sagte Mariella dann. »Er hat auf Osholds Haus aufgepasst.«

»Wann war das?«

Mariella hob die Schultern. »Vorgestern war er noch da.«

»Da war Oshold schon tot.«

»Großer Gott.«

»Was wissen Sie über diesen Freund?«

»Es war ein Mann wie alle anderen ohne besondere Merkmale. Er war jung, Mitte oder Ende dreißig, schätzungsweise«, sagte sie leise.

»Sonst nichts?«

Mariella schüttelte den Kopf.

»Versprechen Sie mir, dass Sie mich anrufen, wenn er wiederkommt?«

»Sicher. Kann ich jetzt in meine Apotheke gehen? Die Kunden wundern sich bestimmt schon, dass ich noch nicht geöffnet habe.«

Veit Hütter nickte und folgte ihr in den Flur. Er roch den Duft von Mariellas Haaren. Es roch nach Veilchen und Vanille. Er sog ihn ein wie ein kostbares Parfüm. Draußen vor der Tür reichte er Mariella zum Abschied die Hand. Er hielt sie fest, länger als beabsichtigt, denn er wollte diese Frau einfach nur spüren. Sie standen sich gegenüber, einen winzigen Augenblick zu lange, um sich leicht voneinander lösen zu können. Ohne nachzudenken, legte er seine Finger um ihren Nacken. Er sah ihre halb geöffneten Lippen, fühlte ihren Atem auf seinem Gesicht. Unfähig, sich zu rühren, spürte er einen süßen Schmerz in seinem Innern, der ihn wie ein Rausch durchströmte. Wie unter Zwang beugte er sich zu ihr und küsste sie.

Das Gemeindeamt befand sich in einer Sackgasse gegenüber der Kirche. Es war ein früheres Wohnhaus, das sich von außen kaum von den anderen Häusern der Straße unterschied. Das untere Geschoss war den Amtsstuben vorbehalten, das Stockwerk darüber der Dorfbücherei.

Bürgermeister Jochen Seeberger hatte den alten Ofen angeheizt und dabei nicht mit Holz gespart. Die gusseiserne Platte glühte; es mussten mindestens dreißig Grad in seinem Büro sein.

Als Krammel eintraf, stand der Bürgermeister am Fenster und biss in ein Brötchen. Sein Bauch zeugte davon, dass er offensichtlich gern und viel aß, er war ein behäbiger, dicker Mann. Sein Blick jedoch war hart und scharf, und das wiederrum deutete darauf hin, dass er sich durchzusetzen wusste.

»Tom Krammel, Kriminalpolizei«, stellte sich Krammel vor. »Danke, dass Sie Zeit für mich haben.«

Seeberger steckte den letzten Happen in den Mund. Als er ihn runtergeschluckt hatte, ließ er sich schweratmend in seinen Schreibtischsessel fallen, sodass das abgewetzte schwarze Leder knirschte und das Drehgestell aus verchromtem Stahl bedenklich schwankte. »Als guter Bürgermeister bin ich für die Leute da, erst recht für die Polizei.« Er deutete auf den Besucherstuhl, der genauso alt aussah wie der Sessel.

Vorsichtig setzte sich Krammel auf das zerschlissene Polster. Der Stuhl ächzte, doch er hielt, und Kammel entspannte sich langsam. »Ich habe ein paar Fragen zu einen Ihrer Dörfler. Roland Oshold. Kennen Sie ihn?«

»Ich kenne alle im Ort ziemlich gut, aber den Oshold? Den nicht so recht. Vom Sehen halt.«

»Was wissen Sie über den Mann?«

»Nur das, was jeder weiß. Er hat das Grundstück vom Hansi gekauft. Hans Schnorr, so heißt er richtig. Der ist zu seiner Tochter gezogen. Seitdem wohnt der Oshold in dem Haus. Lange ist das aber noch nicht her.«

»Wie lange genau?«

»Vier oder fünf Jahre. Warum interessieren Sie sich eigentlich für den?«

»Er wurde ermordet.«

Seebergers Schweinebäckchen zitterten. »Hört das denn nie auf? Erst im letzten Jahr die Zeins, und jetzt der Zugezogene. Drei Morde in knapp zwei Jahren. Dabei war Sabnitz immer so ein friedliches Dorf.«

»Hatte der Oshold Feinde?«

Jochen Seebergers Schweinsäuglein verengten sich. »Falls ja, weiß ich nichts darüber.«

»Wer könnte denn etwas wissen?«

Seeberger hob die Schultern. »Wenn das alles war, was Sie mich fragen wollten…« Er griff nach dem Stapel Briefe in einem der Ablagekörbchen, die auf der Schreibtischplatte standen und fing an, sie zu sortieren.

Krammel verabschiedete sich und ging. Draussen vor dem Gemeindeamt blieb er einen Augenblick stehen. Wer außer dem Bürgermeister würde sich am besten in einem Kaff wie Sabnitz auskennen? Hier gab es weder einen Einkaufsladen, noch einen Friseur. Nur Seebergers Fleischerei und eine Apotheke und zu der war Hütter schon unterwegs.

Die Glocken der Kirche begannen zu läuten. Vielleicht hatte Oshold zur Christengemeinde gehört? Das würde der Pfarrer wissen.

»Falls er ein gläubiger Christ gewesen ist, habe ich davon nichts bemerkt«, gab Pfarrer Kobel bereitwillig Auskunft. Der schmächtige Mann rieb unentwegt die Hände. Frauenhände, dachte Krammel, und fragte: »War er nie beim Gottesdienst?«

166

»Bestimmt nicht, das wäre mir aufgefallen. Die Gemeinde schrumpft ständig, da wäre uns ein neues Mitglied gern willkommen gewesen.«

»Können Sie mir sonst noch etwas über ihn sagen?«

Kobel schob die Hände in die Taschen seines schwarzen Jacketts. »Warum fragen Sie nicht den Bürgermeister?«

»Bei dem war ich schon«, sagte Krammel.

»Dann wissen Sie ja Bescheid.«

»Worüber denn?«

»Ich will nicht schlecht über andere reden, und wenn er es Ihnen nicht selbst erzählt hat... «

»Was soll er erzählt haben, Herr Pfarrer?«

»Na ja, der Oshold und der Seeberger haben sich gestritten, und zwar heftig. Die haben kein Wort mehr miteinander gesprochen. Mindestens die letzten zwei Jahre.«

»Wissen Sie, worum es bei dem Streit ging?«

Knobel hob die Schultern. »Eben nicht, und gerade deswegen ist es sonderbar. Bei uns gibt es kaum Geheimnisse. Irgendjemand weiß immer, was die anderen tun oder lassen, nur über diesen Streit ist nichts bekannt.«

»Danke für die Auskunft.« Krammel reichte Kobel zum Abschied die Hand. Die Finger des Pfarrers fühlten sich an wie trockenes Laub.

Als er das zweite Mal in Seebergers Büro auftauchte, trank der gerade ein Bier. Mit hochrotem Kopf ließ er die Flasche unter dem Schreibtisch verschwinden. »Was wollen Sie denn noch?«

»Sie haben mir verschwiegen, dass Sie und der Oshold Streit hatten. Warum?«

»Das geht niemanden was an.«

»Roland Oshold wurde ermordet, und Sie hatten anscheinend ein Motiv. Darum geht mich Ihr Streit sehr wohl etwas an.«

»Motiv? Mein Gott, ich doch nicht!« Seeberger wurde blass. »Das war so: der Oshold hat bei mir Bouletten gekauft. Eine hate er gleich im Geschäft gegessen, aber dann hat er rumgemosert, dass sie schlecht gewesen wäre.« Seebergers Stimme war anzuhören, wie empört er noch immer darüber war. »Ein Wort hat das andere ergeben. Ich habe ihn Blödmann genannt, er mich Betrüger und schon waren wir beim Streiten. Ich habe mich später bei ihm entschuldigt, der Oshold aber war ein Sturkopf. Der hat nicht eingelenkt. Stur, ja, das war er.«

Krammel verzog keine Miene. Zwei erwachsene Männer, die sich wegen eines Fleischklopses gegenseitig beschimpften – das klang nach einem Comedysketch. Seeberger hatte nachgegeben, Oshold hingegen nicht. Was hatte dessen Starrköpfigkeit zu bedeuten? Oder war es fehlendes Einfühlungsvermögen? Was für ein Mensch war Roland Oshold wirklich gewesen?

Elf

Das Morgenlicht sickerte durch die Wolken, die über die kaltnassen Wiesen zogen. Der Ansitz, in dem Dennis Angerer hockte, war aus Holz gebaut. Er sah aus wie ein Spielhaus für Kinder, das auf Stelzen stand, doch das Holz war an vielen Stellen morsch und rissig. Durch breite Schlitze konnte er nach draußen blicken, direkt über das brach liegende Feld, das an Osholds Grundstück grenzte. Was für ein Glück, dass er die Bullen gesehen hatte, gerade noch rechtzeitig, um aus dem Haus zu fliehen und sich zu verstecken.

Angerer hatte nur wenige Sachen mitnehmen können; eine Daunenjacke und die Wolldecke von der Couch, dazu Zigaretten, sein Messer und ein paar Lebensmittel. Salami, Zwieback und ein Sechserpack Dosenbier, das war alles. Abgesehen von dem gelben Klumpen in seinem Rucksack, der ihm helfen sollte, die reißenden Hunde in seinem Innern zu bändigen, wenn sie kamen.

Er schnippte eine Zigarette aus dem Päckchen, doch statt sie anzuzünden, roch er nur daran und steckte sie wieder zurück. Später, tröstete er sich, wenn keine Gefahr mehr drohte. Vorsicht war eine Sache, die ihn schon oft gerettet hatte, Vorsicht und Geduld.

Er zog die Decke enger um die Schultern und lehnte sich im Sitzen an die Wand. Das Holz drückte durch den Stoff, und er rutschte hin und her, bis er einigermaßen bequem saß.

Gegen Mittag schreckte er auf. Scheiße, er hatte nicht schlafen wollen, trotzdem musste er eingenickt sein. Sein Nacken schmerzte, als hätte er zentnerschwere Säcke getragen. Er lugte durch einen Spalt zwischen den Brettern zum Dorf. Die Polizeiautos waren weg, kein Mensch war zu sehen. Alles schien ruhig zu sein.

Doch nein, nicht alles. In der Türöffnung zum Wohnhaus der Apothekerin stand jemand. Ein Mann. Angerer kniff die Augen etwas zusammen, um besser sehen zu können. Jetzt erkannte er auch eine Frau, die schöne Apothekerin, und verdammt nochmal, sie küsste den Kerl.

Angerer ballte die Fäuste und biss die Zähne aufeinander, dass sie knirschten.

Für die kommenden Tage waren wieder Schneeschauer angekündigt. Es wurde ein April erwartet, wie es ihn seit Jahren nicht mehr gegeben hatte. Das allerorts sprießende Grün würde es schwer haben, den Kälteeinbruch unbeschadet zu überstehen.

Mariella stand am Fenster ihrer Küche und schaute auf den Platz hinaus. Osholds Haus lag friedlich auf der anderen Seite. Wie immer, wenn ein Gebäude unbewohnt war, sah man es ihm sofort an. Vielleicht war es der fehlende Rauch, der sonst aus dem Schornstein in die Höhe stieg. Vielleicht war es der Weg bis zur Haustür, in dessen dünner Reifdecke nur einige Vogelspuren zu sehen waren. Sie stammten von den Krähen, die in den Ästen der Kastanie hockten wie alte Trauerweiber und die alles beäugten, was sich unter ihnen bewegte.

Mariella erinnerte sich, wie sie es früher kaum erwarten konnte, dass statt des Raureifs genügend Schnee lag, um den Schlitten herauszuholen und wie der Blitz den Hügel hinabzusausen. In der Mitte des Rodelberges war ein Absatz; ein

Buckel, bei dem der Schlitten abhob, so dass man in die Höhe hopste. Das war das Größte gewesen: den Buckel zu meistern und nicht umzukippen. Von zehn Versuchen gingen neun schief, aber das tat dem Vergnügen keinen Abbruch. Sie wusste noch, wie stolz sie gewesen war, als sie den Buckel das erste Mal bezwungen hatte. Sie war nach Hause gerannt, die Wangen rot von der Kälte und auch von der Aufregung, Mutter endlich von ihrem Erfolg erzählen zu können. *Später, Kind*, hatte Mutter gesagt und hinzugefügt, dass sie in die Apotheke müsse.

Das war es, was ihr Leben bestimmte: der Familienbetrieb. Sie fragte sich, wie es wohl wäre, wenn sie die Tür einfach abzuschließen und woandershin gehen würde, fort aus dem Dorf. Sich einen netten Mann suchen, einen wie Veit Hütter vielleicht. Es zog sie zu ihm hin, er gefiel ihr und er brachte etwas in ihr zum Klingen, vor allem, als er sie geküsst hatte. Dieser Kuss war anders als das gewesen, was sie bisher gekannt hatte. Aber war es dem Kommissar genauso ergangen? Als sie sich aus seinem Arm gelöst hatte, war sie sich sicher gewesen, dass er wie sie gefühlt hatte. Aber dann war er ohne ein Wort davongerannt, als wäre der Teufel hinter ihm her.

Lore kam in die Küche. »Alles klar?«

Mariella wandte sich zu ihr um. »Es soll wieder Schnee geben.«

»April, April – der macht, was er will.« Lore grinste. »Dein Herr Kommissar hatte es echt eilig. Du hast ihm doch nicht etwa Angst gemacht?«

»Quatsch.«

»Ich wette, der ist in dich verknallt.«

»Noch mehr Quatsch.« Mariella spürte verräterische Hitze in ihr Gesicht branden. Schnell beugte sie sich zu Juan hinab, der zu ihren Füßen lag, und murmelte: »Die Polizei hat den Oshold gefunden, tot.«

»Ich weiß, ich wurde auch schon befragt, aber ich konnte nicht viel dazu sagen. Ich kannte den Oshold ja nur vom Sehen.« Lore schaute durch das Fenster über die Straße. »Was wohl jetzt mit dem Haus passiert?«

»Irgendjemand wird es erben.«

»Ich würde es nehmen. Die gelbe Fassade und die grünen Fensterläden erinnern mich an Bella Italia. Das Haus von Onkel Matteo in Palermo sieht genauso aus, nur größer. Wir sollten mal rüber gehen und schauen, ob alles in Ordnung ist.«

»Spinnst du? Die Kripo hat die Tür versiegelt.« Veit Hütter wäre bestimmt sauer, wenn sie sich auf dem Grundstück umguckten. Ärger war das Letzte, was sie brauchen konnte. Es stand ohnehin in den Sternen, wie er sich verhielt, wenn sie sich wiedersahen. So tun, als sei nichts passiert? Als hätte es den Kuss nie gegeben? Etwas in ihr sträubte sich dagegen.

»Die Kripo hat sich nur kurz in Osholds Haus umgeschaut. Bestimmt wird bald die Spurensicherung alles untersuchen. Dann kannst du ja fragen, ob du mit reindarfst«, sagte sie.

»Meinst du wirklich?«

»Mensch Lore, das war ein Scherz.«

Juan legte den Kopf schräg und wedelte mit dem Schwanz.

»Es scheint, als hätte der Hund eine eigene Meinung dazu«, sagte Lore.

Mariella lächelte. »Ich wette, Juan will nur mal raus.«

Wuff, machte Juan und wartete geduldig, bis sie die Hundeleine an seinem Halsband befestigt hatte und sich von Lore verabschiedete.

Sie liefen die Hauptstraße entlang und bogen vor der Kirche in die Baumsiedlung ab. Die Siedlung hatte ihren Namen von den Straßen ringsumher, jede war nach einem Baum benannt. Vor den Häusern standen knorrige Linden, Kastanien, Eichen, und vor allem Buchen, deren Eckern im Herbst die Straßen bedeckten. Noch waren die Bäume kahl, aber die Knospen an den Zweigen brachen bereits auf, so dass sich grüne Spitzen zeigten.

Mariella bog in die Zirbelstraße ein, ging am Eichensteg und der Birkengasse vorbei, um schließlich in den Ulmenweg zu kommen. Hier hatte Klara Zein gewohnt, das zweite Todesopfer aus dem Sommer im letzten Jahr. Ihr Häuschen stand ganz am Ende der Gasse. Das niedrige Dach sah aus, als würde es jeden Moment unter Laub und Zweigen zusammenbrechen. Auch in den Fensterecken hatten sich vertrocknete Blätter angesammelt, die Glasscheiben waren blind vor Dreck.

Mariella blieb stehen. Klara hatte ihr Haus geliebt und immer gut gepflegt. Im Grab würde sie sich umdrehen, wenn sie wüsste, wie es nun verkam. Es gab einfach keine Interessenten dafür. Keine Käufer, und erst recht kein Familienmitglied, denn außer ihrer Tochter Pia hatte Klara keine Verwandten gehabt, und Pia war schon vor ihrer gestorben. Mariella schüttelte sich, um die Erinnerung zu vertreiben.

Juan schien zu spüren, was sie bewegte, denn er zog an der Leine, damit sie weitergehen sollte.

Während sie hinter dem Ulmenweg in Richtung der Dübener Heide lief, musste sie erneut an Veit Hütter denken. Im Sommer waren sie denselben Weg gegangen, kurz bevor sie Klara gefunden hatte. Er war so rücksichtsvoll zu ihr gewesen, richtig besorgt, genau wie gestern. Oder war das nur ein Trick?

Ihre bisherigen Beziehungen waren nie das gewesen, wonach sie sich wirklich sehnte. Am Anfang war es immer schön und aufregend und mit Schmetterlingen im Bauch, aber später waren die verkümmert. Vielleicht erwartete sie zu viel von der Liebe? Vielleicht driftete jede Leidenschaft irgendwann ins Alltägliche ab? War sie überhaupt fähig, einen Mann so zu lieben, dass es ein ganzes Leben hielt, an guten und an schlechten Tagen?

Unvermittelt sah sie Angels markantes Gesicht vor sich, sein Lächeln, seine Blicke. Wie es sich wohl anfühlte, von ihm geküsst zu werden?

Sie hatte Hütter verschwiegen, was sie über ihn wusste, und sie gestand sich ein, woran das lag. Angel faszinierte sie. Als Kind hatte sie einmal ein Gespräch zwischen ihrer Mutter und einer Kundin mitangehört. Es ging um einen jungen Mann und die Tochter des Landarztes, beide aus der Gegend. Mutter sprach von der großen Liebe und dem Entsetzen, als bekannt wurde, dass der junge Mann trank und sich in Leipzig herumtrieb. Ein böser Mensch, hatte die Kundin gesagt, und dass gefährliche Männer auf junge Mädchen einen besonderen Reiz ausübten. Angel war so ein gefährlicher Mann. Vielleicht zog er sie gerade deshalb an? Oder war einer wie Veit Hütter der Richtige für sie?

Juans Bellen unterbrach ihre Gedanken. Sie führte ihn am Brunnen vor der Kirche vorbei, den die Landfrauen zu jeder Dorffeier schmückten, so dass der Adler auf dem Podest in der Mitte kaum zu sehen war. Keine hundert Meter weiter stieß Mariella die Tür zum Bürgermeisteramt auf und stieg die knarrende Treppe ins Obergeschoss zur Bücherei hinauf.

Als Mariella eintrat, war Gesine Krüger im Begriff, die Teekanne zu füllen.

»Das riecht gut«, stellte Mariella fest. »Was hast du reingetan?«

»Fenchel, aufgepeppt mit Apfelschnaps.«

Mariella setzte sich an den Tisch. Gesine füllte zwei Tassen und setzte sich dazu. »War die Polizei auch bei dir?«, fragte sie.

Mariella nippte an ihrem Getränk. »Mein Gott ist das stark.«

Gesine ließ sich nicht beirren. »Du hast doch nichts damit zu tun, oder? Mit dem Oshold?«

»Natürlich nicht«, entgegnete Mariella scharf.

»Entschuldige, ich habe es nicht so gemeint. Ich dachte nur, weil du doch…«

Sie musste nicht deutlicher werden. Mariella wusste auch so, was sie sagen wollte. Sie und die zwei Morde vom letzten Jahr waren noch immer Gesprächsthema im Ort.

Gesine zog die lange Strickweste enger um sich und verschränkte die Arme. »Manchmal kam der Oshold in die Bücherei, wusstest du das?«

»Nein, das wusste ich nicht.«

»Ist ja auch egal, jetzt, wo er tot ist.« Sie füllte die Tassen auf. »Ich habe von unserem Herrn Pfarrer gehört, dass Lore schwanger ist. Wie geht es ihr?«

»Gut, jedenfalls sagt sie das.«

»Du machst dir Sorgen?«

»Es ist ihr Vater. Er will, dass sie und Antonio heiraten, und Lore sträubt sich dagegen. Es ist schlecht, wenn sie sich aufregt, vor allem in ihrem Zustand. Aber du weißt ja, wie starrköpfig sie ist.«

»Das ist Signore Teziano auch.«

»Nicht mehr lange, und sie zieht nach Delitzsch.«

»Hast du Angst davor, in deinem großen Haus allein zu sein?«

»Es wird einsam, aber Angst habe ich nicht.«

»Du könntest das Zimmer wieder vermieten, an einen neuen Untermieter«, schlug Gesine vor.

Daran hatte Mariella auch schon gedacht.

Gesine wusch die Tassen ab und bückte sich, um sie auf die Ablage unter dem Tisch zu stellen. Als sie sich wieder aufrichtete, hatte sich ein Knopf an ihrer Strickweste geöffnet. Mit einem Handgriff schloss sie ihn wieder. »Es gibt einige junge Leute aus den Nachbarorten, die bei mir Bücher ausleihen. Vielleicht braucht jemand ein Zimmer. Soll ich mich mal umhören?«

»Das ist lieb von dir.«

Dass Lore damals bei ihr eingezogen war, hatte sie nur einem Zufall zu verdanken. Lore war so richtig sauer auf ihren Vater gewesen und hätte ihr Leben in der pompösen Teziano-Villa gegen jede Bude eingetauscht, Hauptsache weg von ihm. Im Laufe der Jahre hatte sie sich an Lore gewöhnt, sogar daran, dass überall ihre Sachen herumlagen und die Bässe ihrer Lieblingsmusik durchs Haus dröhnten. Sie bezweifelte, dass sie gegenüber einem neuen Mieter genauso nachsichtig sein würde. Wenn doch nur die Apotheke besser laufen würde. Die Zeit tickte.

Hütter war ziellos durch die Delitzscher Innenstadt gelaufen, bis er sich in die erstbeste Kneipe geflüchtet hatte. Er saß erst fünfzehn Minuten an einem Tisch in der Ecke, spürte aber bereits den unbändigen Wunsch zu flüchten. Die Stuhlbeine kratzten laut über den Boden, als er abrupt aufstand, doch da eilte die Bedienung herbei und stellte ein helles Bier vor ihm auf den Tisch. Langsam setzte er sich wieder. Im Gastraum war nur ein weiterer Tisch besetzt, vier Männer saßen darum verteilt, alle zwischen dreißig und vierzig. Lautstark diskutierten sie über ein Fußballspiel. Fußball interessierte ihn nicht, er fand nur das Auf und Ab ihrer Stimmen gut. Irgendwie beruhigend, bis er im Augenwinkel wahrnahm, dass jemand auf ihn zukam. Er schaute auf. Krammel. Was, zum Teufel, wollte der hier?

»Trinkst du immer alleine?«, fragte Krammel und ließ sich auf den Platz ihm gegenüber fallen.

»Lass mich in Ruhe, Tom.«

Krammel winkte der Kellnerin, dass sie ihm ein Bier bringen sollte. »Ich habe die halbe Stadt nach dir abgesucht, aber eigentlich war mir von Anfang an klar, dass ich dich in einer Kneipe finden würde. «

»Ach ja?«

»Es ist der Mord, der dir zu schaffen macht.«

Damit lag Krammel nicht falsch, aber es gab noch etwas anderes, das ihm keine Ruhe ließ. Mariella Rabner, aber das würde er Krammel nicht auf die Nase binden. Da war der Mordfall ein weit unverfänglicheres Thema.

»Warum wohl bringt man jemanden um, kannst du mir das sagen?«

»Aus Rache, Habgier, aus verletzter Eitelkeit oder aus Angst. Da gibt es so einige: Verlustängste, Zukunftsängste, Angst um die Existenz. Statistisch gesehen soll Eifersucht das häufigste Motiv sein.«

»Ja, aber warum lässt sich jemand derart von seinen Gefühlen beherrschen, dass er tötet?«

Krammels Bier kam und er trank. Als er das Glas absetzte, blieb Schaum auf seiner Oberlippe zurück. Achtlos wischte er ihn mit dem Handrücken ab. »Der Ansatz zum Mord steckt in uns allen drin, oder hattest du noch nie den Wunsch, jemanden umzubringen?«

»Erstens bin ich nicht so der emotionale Typ, und zweitens führt ein Wunsch nichts zwangsläufig zur Tat.«

»Manche planen akribisch, wie sie vorgehen. Sie denken, dann kommen sie davon.«

»Glaubst du, dass wir Osholds Mörder fassen werden?«

»Und ob.« Krammel drehte das Glas in der Hand. »Wir hatten mal einen Fall, da hat eine Frau ihren Ehemann umgebracht. Siebenmal hat sie mit einem Fleischmesser zugestochen, drei Stiche gingen direkt ins Herz. Sie hatte extra bis zum Urlaub gewartet, und vor der Tat hatte sie ihren Alten mit Schlaftabletten betäubt. Wie gesagt, alles geplant, aber herausgekommen ist es trotzdem, und weißt du, warum? Weil der Mord eine Vorgeschichte hatte.«

»Die hat jeder Mord.«

»Stimmt. Die Frau jedenfalls wurde jahrelang von ihrem Mann geschlagen und vergewaltigt, und es hat mehr als sechs Monate gedauert, ehe wir das herausgefunden haben und das auch nur, weil sie schwanger war und ihrem Gynäkologen Verletzungen im Intimbereich aufgefallen sind.«

»Männer, die ihre Frauen quälen, sind richtige Schweine.«

»Deswegen passiert jeder dritte Mord in der Ehe, mein Freund.« Sie hatten ihre Gläser geleert, und Krammel bestellten Nachschub. »Jeder von uns in der PD hatte schon mal einen Hänger«, sagte er. »Das ist normal, wenn man immer nur mit Gewaltverbrechen zu tun hat. Man fängt an zu zweifeln, sieht nur noch das Schlechte, aber glaube mir; trotz allem gibt es mehr gute und anständige Menschen als böse.«

Später, auf dem Weg nach Hause, dachte Veit Hütter über Krammels Worte nach. Seine Mutter war ein anständiger Mensch, und es war unfair, dass sie nicht mehr viel Zeit hatte. Sterben mit dreiundfünfzig Jahren, das war doch kein Alter, verdammt nochmal! Der Kloß in seiner Kehle drohte ihn zu ersticken, und mühsam schluckte er, doch er konnte die Tränen nicht verhindern, wollte es auch nicht, sondern ließ sie einfach laufen.

Ein Paar kam ihm entgegen, der Mann schaute ihn fragend an. Hütter aber schob sich vorbei, beschleunigte seine Schritte, wurde schneller und schneller, bis er schließlich rannte, getrieben von Mutters traurigem Blick.

Es war halb zehn, und die Sonne malte helle Streifen auf den Asphalt, als Sophie nach Sabnitz fuhr. Rolli war tot, das hatte Hütter ihr gesagt, und Dorfanger 7 war seine letzte Adresse gewesen.

Sie durfte in sein Haus, und noch immer hatte sie sich nicht an den Gedanken gewöhnt, dass sie seine Erbin war. Rolli war fünf Jahre jünger als sie, und es kam ihr sonderbar vor, dass sie ihn überlebt hatte. Fast wie eine Mutter, die nicht verstehen konnte, dass ihr Kind vor ihr starb. Urplötzlich wechselte sich die Sonne mit dicken Wolken ab, bis Sturmböen tobten und ein sintflutartiger Regenfall einsetzte, der sie zwang, langsamer zu fahren. Sie hatte die Scheinwerfer eingeschaltet, aber sie nützen rein gar nicht. Doch ebenso plötzlich, wie das Unwetter gekommen war, ließ es nach.

In Delitzsch fuhr Sophie an eine Tankstelle und holte tief Luft. Erst jetzt merkte sie, dass sie die ganze Zeit kaum geatmet hatte. Erschöpft lehnte sie sich im Fahrersitz zurück und rieb sich die Lider. Ihre Augen brannten, als hätte sie an einem rußenden Feuer gesessen.

Nach einer Weile stieg sie aus und ging, um sich einen Kaffee zu kaufen. Während sie ihn in kleinen Schlucken trank, dachte sie an Angel. Am Anfang ihrer Beziehung hatte die Liebe sie wie eine Ozeanwelle überrollt. Schlecht für sie, denn eines wusste sie genau: Ein Mann wie Angel brachte unweigerlich Kummer mit sich. Sollte er sich doch zum Teufel scheren.

Sie war fertig mit dem Kaffee und warf den Plastikbecher in den Abfalleimer neben der Tür. Als sie zum Auto ging, hatte sie Angel schon fast wieder vergessen. Ihre Gedanken waren auf das gerichtet, was vor ihr lag; das Leben, das Rolli in den letzten Jahren geführt hatte.

Sie erreichte das Dorf kurz vor zwölf. Wie ausgestorben lag es in der Mittagssonne, die sich durch die Wolken zurückgekämpft hatte. Sophie fragte sich, warum es ihren Bruder ausgerechnet in diese Einöde verschlagen hatte. Sie waren in Berlin aufgewachsen, dort zur Schule gegangen und immer im größten Gedränge zu finden gewesen. Hauptsache, es war was los. Danach war Leipzig gekommen, keine Millionenstadt, aber wenigstens voller Gäste aus aller Welt. Und nun das hier? Sophie runzelte die Stirn.

Das Haus Am Dorfanger 7 war größer, als sie erwartet hatte, das Grundstück ebenfalls. Auf vier Seiten wurde es von einem Zaun umschlossen, der an der Frontseite einen offenen Durchgang aufwies, hinter dem sich ein Weg aus Steinplatten bis zur Tür erstreckte. Der Garten wirkte gepflegt. In einer Ecke reckte sich eine Forsythie an die zwei Meter in die Höhe, über und über mit kräftiggelben Blüten bedeckt. Es gab auch bunte Tulpen, die in Gruppen entlang des Weges standen. Sophie konnte sich gut vorstellen, wie es hier im Sommer überall grünte und blühte. Hatte ihr Bruder Sinn für Gartenarbeit gehabt? Das war schwer zu glauben.

Die Haustür war verschlossen, das Schloss unter der Klinke wies Kratzer auf. Ein Zeichen, dass es aufgebrochen worden war. Sophie fiel ein, dass sie vergessen hatte, Hütter nach dem Hausschlüssel zu fragen.

Unschlüssig blickte sie sich um. Gegenüber befand sich ein Geschäft. Das ovale Metallschild, das an einem Ausleger hing und quietschend hin und her baumelte, wies es als Apotheke aus. Vielleicht würde sie dort Hilfe finden. Sie ging über die Straße, stieß die Tür auf und trat ein.

Im Innern war es warm, der leichte Geruch

nach Kamille hing in dem kleinen Raum. Hinter der Theke stand eine junge Frau. Das Namensschild an ihrem weißen Kittel trug den Namen Mariella Rabner. Rabner stand auch an der Eingangstür, offensichtlich die Eigentümerin.

»Guten Tag, gibt es im Ort jemanden, der ein Schloss öffnen kann? Vielleicht einen Schlüsseldienst?«, fragte Sophie.

»Hier nicht, aber in Delitzsch. Ich kann Ihnen die Telefonnummer raussuchen.«

»Das wäre nett.«

Während Mariella in einem Branchenbuch blätterte, schaute sich Sophie in der Apotheke um.

»Wozu brauchen Sie den Schlüsseldienst überhaupt?«, wollte Mariella wissen.

»Ich möchte in ein Haus reinkommen, es ist auf der anderen Straßenseite.«

»Etwa das von Roland Oshold?«

»Genau das. Stimmt etwas damit nicht?«

»Soviel ich weiß, ist es versiegelt.«

»Oberwachtmeister Hütter hat es mir erlaubt. Oh, ich habe mich noch gar nicht vorgestellt. Ich bin Sophie, Herrn Osholds Schwester.«

»Das mit Ihrem Bruder tut mir sehr leid.« Mariella hatte die Telefonnummer des Schlüsseldienstes gefunden und schrieb sie für Sophie auf einen Zettel.

Sophie bedankte sich und ging zum Telefonieren vor die Tür. Kurz darauf kehrte sie zurück. »Der Mann hat gesagt, es kann ein bis zwei Stunden dauern, bis jemand kommt. Ich möchte nicht gern in meinem Auto warten, eher in einer Gaststätte. Haben Sie eine im Dorf?«

»Den Brucknerhof«, sagte Mariella. »Aber der

hat geschlossen. Wenn Sie wollen, können Sie mit zu mir kommen. Ich wohne hier im Haus, der Eingang ist gleich nebenan.« Sie schaute auf die Uhr an ihrem Handgelenk. »Gleich um zwölf, da sperre ich die Apotheke ohnehin zu.«

Wortreich bedankte sich Sophie, aber Mariella wiegelte ab. »Wir sind auf dem Land, da hilft man, wo man kann.«

Als sie in Mariellas Küche saßen und Tee tranken, sagte Sophie: »Um hier zu leben, braucht man einen interessanten Job, aber den haben Sie ja.«

»Ich denke schon. Ich kenne jeden hier, und die Leute kennen mich. Ich brauche sie, und die … nun ja …«

»Die brauchen Sie«, ergänzte Sophie.

»Daran glaube ich, sonst wäre ich schon weggegangen.«

Sophie blickte auf Mariellas Hände. Die Finger waren fest ineinander verschlungen, so dass die Knöchel hervortraten. So sicher, wie sie sich gab, schien es für die Apothekerin wohl doch nicht zu sein. »Ich frage mich, was meinen Buder hierhergezogen hat. Das Dorfleben ist nichts für einen wie Rolli.«

»Was meinen Sie mit *einen wie Rolli*?«

»Nichts gegen die Dorfgemeinschaft, ich kenne sie ja nicht einmal, aber Rolli war kein ruhiger Typ. Er mochte es laut, mit Partys und so.«

»Ach ja? Es ist ja nicht so, dass wir keine Feste hätten. Wir haben den Ostermarkt, das Parkfest, und in der Weihnachtszeit gibt es im Pfarrgarten einen kleinen Adventsbasar. Ihr Bruder war aber nie dabei, der hat sich abgekapselt.«

Juan, der unter dem Tisch gelegen hatte, kam

hervor und schmiegte den Kopf an Sophies Bein.

Mariella lächelte. »Darf ich vorstellen? Das ist mein Juan, ein ganz lieber, der tut keinem was.«

»Was für ein süßer Kerl. Ich habe noch nie so wunderschöne braune Augen gesehen.«

Ab da drehte sich das Gespräch ausschließlich um den Hund, und als der Mann vom Schlüsseldienst kam, waren Sophie und Mariella längst zum Du übergegangen.

Zwölf

Als sich die Ermittler am nächsten Tag in der Dienststelle versammelten, gab es keinen, der nicht müde und erschöpft wirkte. Die Befragung der Sabnitzer Bevölkerung hatte nichts ergeben, was sie nicht schon wussten. Roland Oshold war eben der Neue im Dorf gewesen, ein Einzelgänger ohne Freunde. Niemand hatte ihn je in Begleitung anderer Personen gesehen. Die SOKO hatte sich bei den Befragungen vorrangig auf die letzte Woche vor dem Leichenfund konzentriert, aber auch über diesen Zeitraum konnte keiner der Dörfler hilfreiche Angaben machen. Hütter hatte sich zudem nach dem Fremden erkundigt, dem Freund, der Osholds Haus gehütet hatte, als der schon tot gewesen war. Außer Mariella hatte ihn anscheinend niemand gesehen.

Veit Hütter schaute von Tom Krammel zu Luis Matula, weiter zu Tutzler und Natalie Saalmüller und dann wieder zurück. »Heute steht Osholds Vergangenheit auf dem Plan. Fangen wir mit dem an, was wir wissen, ich meine seine Wohnanschriften. Das Meldeamt hat die Adressen geschickt. Bevor Oshold nach Sabnitz gekommen ist, hat er in Leipzig gelebt.«

Matula meldete sich. »Ich erkundige mich bei der Rentenversicherung sowie dem Finanzamt nach seinen Arbeitsstellen.«

»Ich nehme mir die Betreiber der Mobilfunknetze vor«, warf Sebastian Tutzler ein.

Hütter nickte. »Natalie hält im Büro die Stellung. Tom und ich fahren nach Leipzig zu Osholds ehemaliger Adresse.«

Niemand widersprach.

Als sie das Ortseingangsschild von Leipzig passierten, knurrte Krammel: »Wie ich diese Stadt hasse!«

»Tatsächlich?«

»Na ja, nicht die Stadt direkt, aber die nervigen Umleitungen. Überall Baustellen. Wie soll man sich da zurechtfinden?«

»Vertraue dem Navi.«

Krammel schnaubte.

Das Navigationsgerät führte sie in den Leipziger Süden.

»Nette Gegend«, sagte Hütter.

»Connewitz? Nicht dein Ernst. Ich kenne den Stadtteil nur als Problemviertel.«

Davon hatte Hütter gehört. Viele Kollegen erinnerten sich noch gut an die Einsätze, zu denen sie in den neunziger Jahren fast täglich gerufen wurden, hauptsächlich wegen der Hausbesetzer.

Er ließ Krammel an der Ecke zur Scheffelstraße parken, dann suchten sie das Wohnhaus mit der Nummer vier.

Das Gebäude stammte aus der Gründerzeit, doch im Gegensatz zu den sanierten Häusern des Umfeldes war dem Verfall preisgegeben. Die Fassade war ruinös. Von den ehemals zahlreich vorhandenen Stuckelementen über den Fenstern waren nur noch Bruchstücke übrig.

Hütter drückte die Haustür auf. Im Treppenhaus stank es nach Urin und Müll. Einige Briefkästen waren aufgebrochen, und jemand hatte sie notdürftig mit Klebeband gesichert.

Krammel tippte mit dem Autoschlüssel auf den Lichtschalter. Es tat sich nichts.

»Du fängst oben an, ich unten. In der Mitte treffen wir uns«, sagte Hütter, und Krammel stiefelte die knarrende Treppe hinauf.

Hütter drückte auf den Klingelknopf neben der ersten Wohnungstür. Alles blieb still. Entweder war niemand zu Hause, oder der Bewohner zog es vor, seine Ruhe zu haben.

An der zweiten Wohnung klebte ein Papierschildchen mit dem Namen Mauersmann. Hier hatte Hütter mehr Glück. Die Tür wurde von einem jungen Mann mit rotgeränderten Augen aufgerissen. »Was denn noch?«, blaffte er.

Hütter hielt ihm seine Marke unter die Nase. »Kriminalpolizei, ich habe einige Fragen. Sie sind doch Herr Mauersmann, oder?«

Mauersmann, der offenbar jemand anderen erwartet hatte, entspannte sich sichtlich. »Legen Sie los, aber machen Sie schnell. Ich bin auf dem Sprung.«

Veit Hütter zeigte ihm Osholds Passfoto, das er von der Einwohnermeldebehörde hatte. »Kennen Sie diesen Mann? Er hat mal hier gewohnt, vor etwa fünf Jahren.«

»Das war vor meiner Zeit, aber fragen Sie mal im Hinterhaus, bei Blüml. Die Alte wohnt schon lange hier, länger als alle anderen.«

Hütter informierte Krammel, wo er zu finden war und folgte der Zufahrt, die zum hinteren Teil des Grundstücks führte.

Das Hinterhaus sah aus, als wäre es gerade erst umgebaut worden. Unter einem Balkon im Parterre standen noch Farbeimer, daneben stapelten sich Bretter und Reste von Dämmwolle.

Ilse Blüml wohnte in den darüberliegenden Räumen. Sie war eine klapperdürre Frau mit der Würde einer Diva. Ihr runzliges Gesicht war mit

Altersflecken übersät, die trotz der Schminke deutlich zu erkennen waren. Eine Frau jenseits der Achtzig, geschminkt wie ein junges Ding. Hütter verbarg ein Schmunzeln. Bis er in ihre Augen sah. Sie waren grau und hart und ließen ihn an Kruppstahl denken.

»Frau Blüml?«

»Wer will das wissen?«

»Mein Name ist Veit Hütter, ich ermittle in einem Mordfall.«

»Ich habe noch nie mit der Polizei zu tun gehabt.«

»Darf ich reinkommen?«

Die Wohnung war ruhig und friedlich. Die Ausstattung war schlicht, aber von einer Eleganz, der man ansah, dass die Möbel teuer gewesen waren. Kommoden mit auf Hochglanz polierten Schelllackfurnier umrahmten eine Sitzgarnitur, die aus einem Sofa und zwei Sesseln bestand. Das Leder glänzte wie neu.

Ilse Blüml bot Hütter einen der Sessel an, sie selbst ließ sich auf dem anderen nieder. Mit einer Pose, die an eine viktorianische Edeldame erinnerte, steckte sie eine Zigarette in eine lange Silberspitze und deutete auf das Feuerzeug auf dem Tisch. Es war keines der Dinger, die man für einen Euro kaufen konnte, sondern ein massives Tischfeuerzeug in Form einer ovalen Kanne, und unwillkürlich fragte sich Hütter, wie eine Frau wie die Blüml in die Scheffelstraße kam. Als er sich zu ihr beugte, um ihr Feuer zu geben, roch er den Alkohol in ihrem Atem.

Ilse Blüml zündete die Zigarette an, inhalierte und stieß den Rauch durch die Nase wieder aus. »Sind alle Polizisten so schick wie Sie?«

Hütter schaffte es, kurz zu lächeln. »Sagt Ihnen der Name Roland Oshold etwas?«

»Dunkle Haare, sehnig wie ein Tiger? Der hat mal hier gewohnt, im Vorderhaus.«

»Was können Sie mir über ihn erzählen?«

»Was wollen Sie denn hören?«

»Alles, wenn es Ihnen nichts ausmacht.«

»Junger Mann, mir macht schon lange nichts mehr was aus.« Die Blüml zeigte mit einer raumgreifenden Bewegung in die Runde. »Das hier ist nichts im Vergleich zu dem, was ich früher hatte. Ich war Sängerin, wissen Sie? Das Opernhaus, mein Publikum – ich habe es geliebt. Aber das wird Sie kaum interessieren.« Sie schickte eine Rauchwolke in Hütters Richtung. »Der Oshold hatte einen geschmeidigen Gang und die Figur eines Tänzers. Es hätte viel aus ihm werden können, auf der Bühne. Aber dafür hat er kein Faible. Ich kam ja oft spät von meinen Auftritten nach Hause, mitten in der Nacht. Da bin ich ihm häufig begegnet. Um die Zeit ist er meistens losgezogen. Mit zwielichtigen Typen.«

»Was für zwielichtige Typen?«

»Männer, die nichts hermachen.«

»Inwiefern?«

»Schlecht angezogen und mit viel zu langen Haaren. Die hatten immer schwarze Sachen an, Lederjacken mit Silberketten, die bei jedem Schritt klimperten, und spitze Stiefel, als würden sie in einem billigen Western mitspielen.«

»Wissen Sie die Namen von seinen Freunden?«

»Einer wurde Angel gerufen. Der war täglich hier, vor allem in den Wochen, bevor der Oshold ausgezogen ist.«

»Warum ist er fortgezogen?«

»Das weiß ich nun wirklich nicht.«

Mehr konnte Ilse Blüml nicht erzählen. Hütter verabschiedete sich ging den Durchgang zurück zum Vorderhaus.

Zeitgleich tauchte Krammel auf. »Und?«

»Wir haben einen neuen Namen: Angel. Wie lief es bei dir?«

»Die Nachbarn aus dem Dachgeschoss denken, dass Oshold ein Assi war. Weil er nicht gearbeitet hat.«

»Wovon hat er gelebt?«

»So genau weiß das keiner. Einer meinte, dass er krumme Dinger gedreht hätte, aber Oshold war erkennungsdienstlich sauber.«

»Dass er keine Vortrafen hatte, muss nichts heißen. Vielleicht hat er sich nur nicht erwischen lassen.«

Achtundneunzig Prozent aller Delikte wurden bei Ausführung der Tat nicht bemerkt, und wenn doch, dann nicht gemeldet. Viel Klau - wenig Anzeigen. Das hatte mal jemand geschrieben, der sich auskannte.

Luis Matula und Natalie Saalmüller trafen sich in der Kaffeeküche.

»Kommst du voran mit Osholds ehemaligen Arbeitsstellen?«, fragte Saalmüller.

»Laut Rentenversicherung hatte er nur eine. In einer Dachdeckerfirma. Ich habe dort angerufen. Der Chef hat sich an ihn erinnert, ist aber nicht besonders gut auf ihn zu sprechen. Oshold hat geklaut, Kupferdachrinnen und so Zeug, das Kohle bringt. Da hat er ihn rausgeschmissen.«

Saalmüller goss sich einen Kaffee ein und hielt Matula die Kanne hin. »Auch einen?«

Die dunklen Ringe unter ihren Augen überraschten ihn nicht. Sie alle waren kaputt. Die ständige Anspannung, dazu kam der Druck, den Grump machte. Es wurde Zeit, dass sie Osholds Mörder endlich zu fassen kriegten.

Er nahm sich eine Tasse. »Hütter hält sich gut. Du magst ihn, oder?«

»Wir kennen uns von einem Lehrgang.«

Sie weicht mir aus, dachte Matula. Bestimmt war ihr klar, dass sie bei einem gutaussehenden Typen wie Hütter keine Chancen hatte. Natalie Saalmüller hatte ein hageres Gesicht mit einem eckigen Kinn. Ihr Mund war zu breit, die Nase zu lang, und ständig hingen ihr die weißblonden Haare in die Stirn, so dass das Schönste an ihr, ihre veilchenfarbenen Augen, nicht zur Geltung kamen.

»Wir sind beide aus Franken. Der gleiche Stall, das verbindet. Und die Arbeit bei der Kripo, natürlich«, sagte sie.

Matula rechnete, wie alt sie war. Mit achtzehn aus der Schule, dann drei Jahre Ausbildung plus zwei Jahre Arbeit in einem Revier. Dreiundzwanzig. Höchstens. In dem Alter hatte man noch eine Menge zu lernen.

Sebastian Tutzler kam den Gang entlang, sah sie und trat hinzu. »Beratungskaffee?«

»So ungefähr.« Natalie Saalmüller reichte ihm die Kanne.

Matula griff nach Saalmüllers Arm. »Geh nach Hause und schlaf dich aus. Du siehst ziemlich müde aus.«

Sie schüttelte ihn ab. Ihre Augen blitzten vor unterdrückter Wut. »Ihr seid beide noch hier, also bleibe auch ich.«

Matula nickte. Zu jung und zu hässlich, aber mit dem Kampfgeist eines Pitbulls, dem einer auf die Zehen getreten war.

Aus dem Erdgeschoss drangen schnelle Schritte nach oben, kurz darauf tauchten Hütter und Tom Krammel auf. »Alle in den Beratungsraum«, ordnete Hütter an.

Sie holten ihre Laptops und versammelten sich um den ovalen Tisch. Hütter berichtete.

Matula gab den Namen in den Rechner ein. »In den letzten Jahren war kein Angel in Leipzig gemeldet«, sagte er dann.

»Vielleicht ist es ein Spitzname«, warf Tutzler ein. »Angel könnte für Engel stehen.«

»Kerle in Lederkluft mit Nieten und Ketten sollen Engel sein? Nie im Leben«, sagte Matula. »Und bevor jemand fragt – nein, auf Arbeit hatte Oshold keine Freunde.«

»Was ist mit Dennis Angerer?«, meldete sich Saalmüller zu Wort. »Seine DNA war auf Osholds Kleidung.«

»Angel könnte für Angerer stehen«, räumte Krammel ein.

»Falls Oshold Angerers Komplize bei dem Juwelenraub war, hätte Angerer einen Grund, um sich an Oshold zu rächen. Angerer war auf freiem Fuß, als Oshold getötet wurde, und angesichts seiner Vorstrafe scheint er nicht zimperlich zu sein.«

»Zusammengefasst heißt das: Dennis Angerer hatte ein Motiv, die Gelegenheit zu dem Mord, und er war fähig dazu«, stellte Matula fest.

Hütter grinste. »Das klingt gut.«

»Es ist nur eine Hypothese«, warnte Tutzler.

»Die es zu beweisen gilt.«

Gegen sechs Uhr begann es zu regnen, und als Mariella an Osholds Tür klingelte, war es dunkel wie an einem Winterabend.

Sophie ließ sie herein. »Ich hole uns ein Glas Wein. Geh du schon mal in die Stube, den Flur geradeaus und die letzte Tür links.«

»Ich weiß.«

Als Sophie mit einer Flasche Rotwein und zwei Gläsern in die Stube kam, fragte sie: »Du kennst dich in Rollis Haus aus?«

»Ich war schon mal hier.«

»Anscheinend hatte mein Bruder Geschmack.«

»Nein, nein, so war das nicht. Er war gar nicht da, aber sein Freund.«

»Welcher Freund?«

»Ein hübscher großer Kerl mit Pferdeschwanz. Er hat auf das Haus aufgepasst, hat er gesagt.«

»Angel.« Sophie sah nicht glücklich aus. »Was habt ihr gemacht?«

»Nur geredet, warum?« Mariella stockte, ihr wurde heiß. »Oh, du und er…«

»Mach dir keine Gedanken, das war einmal.«

»Kannst du mir was über ihn erzählen?« Bevor sie nachdenken konnte, war die Frage Mariella herausgerutscht, und am liebsten hätte sie Sophie davon abgelenkt, aber der Drang, mehr über Angel zu erfahren, war stärker. Was war bloß los mit ihr? Sie verstand sich selbst nicht mehr.

»Da gibt's nichts zu erzählen.« Sophie zog den Korken aus der Flasche und goss den Wein in die Gläser. Sie prostete ihr zu.

Mariella ließ den Wein kreisen, erst dann nahm sie einen Schluck. »Der schmeckt gut.«

»Ein trockener Merlot, mein Lieblingswein.«

»Glaubst du an Liebe auf den ersten Blick?«

»Keine Ahnung.«

»Ich kann es mir vorstellen, dass es sowas gibt. Dass man sich auf Anhieb in jemanden verliebt.«

Sophie hatte das Glas auf ex geleert, ihre Wangen waren gerötet und ihre Augen glänzten. »Mit Angel war es so: erst verknallt und dann Sex. Das ging eine Weile gut, aber dann wurde es langweilig und trocken wie Stroh. Unter wahrer Liebe stelle ich mir was anderes vor.«

»Innere Verbundenheit?«

Sophie nickte. »Und Treue. Man muss sich aufeinander verlassen können und sich vertrauen.«

»Wie habt ihr euch kennengelernt, Angel und du?«

»Über Rolli. Sag mal, wann war das eigentlich, dass du ihn hier gesehen hast?«

Mariella senkte den Blick ins Glas. Der Wein schimmerte dunkel, nur dort, wo Reste an der Innenseite hafteten, war er rot. Wie Blut. Sie erschauerte. »Oh mein Gott.«

»Was ist? «

»Zu der Zeit muss dein Bruder schon tot gewesen sein. Es tut mir leid, ich wollte wirklich nicht davon anfangen, aber du hast mich gefragt.«

Sophie seufzte tief. »Rolli war schon lange ein Fremder für mich, ich habe ihn gar nicht mehr richtig gekannt. Dabei waren wir früher immer zusammen. Unsere Eltern hatten wenig Zeit, und meistens waren wir uns selbst überlassen. Rolli war nicht besonders intelligent, die Schule mochte er nicht. Dafür war er sehr geschickt. Ich habe ihm das Radfahren beigebracht, weißt du? Dafür hat er mir später gezeigt, wieviel Cuba Libre man kippen kann, ohne davon betrunken zu werden. Vier Stück, mehr habe ich nie geschafft. Er hat es auf zwölf gebracht. Starke Leistung, was?«, sagte sie sarkastisch. Das Glas in der Hand zeigte sie in die Runde. »Was soll ich mit dem ganzen Kram? Es deprimiert mich, Rollis Sachen durchzusehen. Am liebsten würde ich das Haus so verkaufen, wie es ist.«

»Hast du es schon versucht?«

»Ich habe einen Makler gefragt. Der sagt, es muss leer sein, das erhöht die Chance auf einen schnellen Verkauf.«

»Du könntest bei mir wohnen, bis du alles ausgeräumt hast.« In den letzten Tagen war Lore kaum zu Hause gewesen. Die Stille, die sich breitgemacht hatte wie ein dickes, dunkles Tuch, konnte nicht einmal Juan ausfüllen.

»Danke für das Angebot, ich komme zurecht.« Sophie ging hinaus und kam mit einen neuen Flasche Wein zurück. »Noch einen Schluck?«

Dankend lehnte Mariella ab. Als sie sich eine Stunde darauf verabschiedete, war die zweite Flasche leer, und Sophie hatte einen glasigen Blick, dem anzusehen war, was sie von ihr hielt: Spielverderberin.

Dreizehn

Angel stand im Schatten des Forsythiastrauches und schaute Mariella nach, bis sie in ihrem Wohnhaus verschwunden war. Es war schon fast Mitternacht, der Himmel über dem Anger war sternenklar, und es war bitterkalt. Obwohl er die Hände tief in seinen Jackentaschen vergraben hatte, waren seine Finger steifgefroren. Er wusste nicht genau, wie lange er schon im Garten stand, aber es war lange genug, um es satt zu haben.

Drei Tage und zwei Nächte hatte er im Hochstand vor dem Wald ausgeharrt, um sicherzugehen, dass die Polizei nicht erneut auftauchte. Einmal war ein Jeep vorgefahren und hatte einen untersetzten jungen Mann in Tarnkleidung ausgespuckt. Einen Förster oder Jäger, vielleicht. Angel hatte sich in eine Ecke geduckt und ganz klein gemacht, aber der Mann hatte nur geprüft, ob die Holzlatten der Leiter noch sicher waren. Ohne die Plattform zu betreten, war er wieder weggefahren. Danach hatte Angel gemerkt, dass sein Rucksack noch unten gelegen hatte, genau im Schattenlicht unter dem Holz. Es war reiner Zufall, dass der Mann ihn nicht gesehen hatte, doch der Zufall war ein schlechter Kamerad, man konnte sich nicht auf ihn verlassen. Es war Zeit, in Rollis Haus zurückzukehren.

Er schlich zur Haustür, öffnete sie und schob sich ins Innere. Aus der Ritze unter der Stubentür drang ein Lichtstrahl in den Flur. Er bemühte sich, kein Geräusch zu verursachen, drückte die Klinke und stieß die Tür auf, so dass sie an die Wand knallte.

Sophie wirbelte herum, aber er war sofort bei

ihr. Er sah die leeren Flaschen auf dem Tisch und zog sie eng an sich. Wenn Sophie was getrunken hatte, war sie besonders gut. In einer fließenden Bewegung drehte er sie um, so dass sie mit dem Rücken zu ihm stand, schob ihren Rock hoch und den Slip samt Strumpfhose nach unten, öffnete seine Hose und stieß seinen Schwanz zwischen ihre Beine. Seine Hand lag in ihrem Nacken und drückte ihren Kopf nach unten, bis er an die Sessellehne krachte. Ein gutturaler Schrei brach aus ihm heraus. Noch ein paarmal stieß er zu, dann zog er sich aus ihr zurück und sah zu, wie sein Sperma aus ihr heraustropfte und über ihre Kniekehlen lief.

Sophie rappelte sich auf. Ihre Augenbrauen bildeten einen Strich. »Mach das nie wieder.«

»Du mich auch, Süße.« Angel zog sich aus, bis er nackt vor ihr stand. »Hast du was zu trinken?«

»Nur Wein.«

»Dann lieber Wasser.«

»Da muss ich in die Küche.« Sie holte ihm ein Glas Wasser und knallte es auf den Tisch, dass es überschwappte. »Was willst du hier, Angel?«

Die Wut in ihrer Stimme überraschte ihn, er hob die Augenbrauen. »Dich sehen, was sonst.«

»Erzähl keinen Scheiß. Woher wusstest du, wo ich bin?«

»Ich wusste es nicht, habe es mir aber gedacht. Wo sonst solltest du sein, wenn nicht im Haus deines Bruders, um dein Erbe anzutreten?«

»Da du gerade davon sprichst – jemand hat mir gesteckt, dass du schon mal hier warst. Wieso?«

Angel schaute auf seine Hände. Es gab nur eine Person, die ihn in Osholds Haus gesehen hatte. Die Apothekerin. »Rolli war mein Freund. Ich wollte ihn besuchen. Was ist schlimm daran?«

»Dass er TOT war«, schrie Sophie.

»Das wusste ich damals nicht. Ich kam hierher, er war nicht da, also bin ich eingebrochen. Das war nicht korrekt, okay, aber er hätte es verstanden. Komm!« Angel streckte die Hand nach ihr aus.

»Lass mich in Ruhe.«

Angels Hand sackte nach unten. Nicht mehr lange, und die Hunde in seinem Innern fingen an zu heulen. Alles in ihm gierte nach einem Drink. Oder nach dem Klumpen, von dem noch ein Rest vorhanden war. Oder nach dem anderen, ganz besonderen Rausch. »Ich habe gesagt, du sollst herkommen!«

»Angel, ich…«

»KOMM! SOFORT! HER!«, donnert er.

Sophie Lippen zuckten. Gleich würde sie heulen. Trotzdem näherte sie sich ihm.

»Zieh dich aus!«

Fahrig fingerte sie an ihrem Rock herum. Während sie aus den Kleidern stieg, musterte er sie. Sie war dicker geworden, die Hüften breiter, die Brüste voller. Es stand ihr gut. Angel leckte sich über die Lippen.

Als sie nackt war, schaute sie ihn fragend an.

»Gut gemacht, Süße. Du hast Glück. Ich bin ein Mann mit einfachen Bedürfnissen.« Fast hätte er selbst über sich gelacht. Er strich über ihr Haar. Wie weich es war, so weich wie ihre Haut. Sanft nahm er eine Brustwarze zwischen Daumen und Zeigefinger, rieb und drückte, dann kniff er zu, fester und fester. Ein Wimmern kam über Sophies Lippen.

Angel brachte seinen Mund an ihr Ohr und

flüsterte, als wäre es wichtig, dass ihn niemand hörte: »Wir haben eine Menge Zeit, und du weißt, was das heißt.«

Er ließ von ihr ab und öffnete die Playlist seines Handys. *Der Ring des Nibelungen. Der Ritt der Walküren.* Angemessen für das, was vor ihm lag. Der Klang der Streichinstrumente füllte das Zimmer, unterbrochen durch Sophies Keuchen, das Angel wild machte, ihn mitriss in einen Taumel zwischen Wirklichkeit und Traum.

Die Musik war verstummt. Angel war pinkeln gegangen, und Sophie atmete auf. Sie krümmte sich auf der Couch zusammen und wünschte, dass Angel verschwand. Ihr Körper schrie vor Schmerz. Es war ein Fehler gewesen, sich mit Angel einzulassen. Ein schlimmer Fehler.

Sie wimmerte und presste die Hände auf den Mund, um ihr Schluchzen zu ersticken. Angel hasste es, wenn sie weinte, und wenn er es bemerkte, dann…dann…

Als sie ihn in der Tür stehen sah, zuckte sie zusammen. Hastig wischte sie die Tränen fort und versuchte ein Lächeln. Bestimmt sah sie jämmerlich aus. Noch etwas, das Angel hasste.

Sie verfolgte seine Schritte, sah die sehnigen Beine, den flachen Bauch und den festen Po. Wie konnte ein Mann derart gut aussehen? Sie suchte seinen Blick, Angel aber ignorierte sie, und das schmerzte plötzlich mehr als ihr geschundener Leib. »Hast du Hunger? Ich könnte dir ein paar Eier braten.«

»Halt den Mund.« Angel hielt das Opium in der Hand und bereitet alles für die Inhalation vor.

»Ich dachte, du hast damit aufgehört.«

Er schaute kurz auf. Der kalte Ausdruck seiner Augen jagte ihr einen Schauer über den Rücken, und schnell guckte sie weg.

Sie wartete, bis er dösend im Sessel hing, dann stand sie auf und ging unter die Dusche. Das Wasser lief über ihren Kopf, Rücken und Brust entlang bis zu den Zehen. In den Strahl mischten sich rosarote Rinnsale, Spuren der Gier, wobei sie nicht wusste, ob Angel sie verletzt hatte oder sie sich selbst. Ohnehin konnte sie sich nach dieser Art Sex nie so recht erinnern, was abgegangen war, und eigentlich wollte sie das auch gar nicht.

Als ihre Haut schon schrumpelig war, drehte sie das Wasser ab. Während sie sich in ein Handtuch wickelte, fielen ihr einige dunkle Flecken auf, die wie Tropfen über die Wandfliesen im unteren Bereich der Duschkabine verteilt waren. Sophie bückte sich und nahm sie genauer in Augenschein. Blut! Sie tastete sich von oben bis unten ab, um zu prüfen, ob sie tiefere Wunden hatte, aber sie war okay. Was immer an den Fliesen klebte, es war nicht von ihr. Nachdenklich kämmte sie ihre langen Haare, ehe sie zum Fön griff und sie zu großen Locken trocknete. Damit fertig, cremte sie sich gründlich mit Bodylotion ein, schminkte Augen und Lippen und warf zum Schluss das weite Keniakleid über.

Im Wohnzimmer sah es aus wie nach einer Schlacht. Auf dem Boden lagen die Klamotten ineinander verknäult. Schwer zu erkennen, welche ihr und welche Angel gehörten. Die Weinflaschen waren vom Tisch gefallen, die Gläser zersplittert. Auch die Tischplatte hatte etwas abbekommen, ein großer Riss zog sich schräg darüber. Es roch süßlich nach Dope und nach Wein.

Sophie raffte ihre Kleidung zusammen und brachte sie ins Bad. Dann ging sie in die Küche. Angel hatte nicht gesagt, dass er etwas essen wollte, aber wann hatte er je widerstehen können, wenn sie gekocht hatte?

Als sie eine halbe Stunde später beladen mit einem Tablett in die Wohnstube kam, war Angel wach.

»Es gibt Schinkentoast mit Käse überbacken.« Sie stellte das Essen auf den Tisch.

»Wann triffst du dich das nächste Mal mit der Apothekerin?«, wollte Angel wissen.

Jäh stieg Hitze in Sophies Gesicht. Zum Teufel, er gehörte ihr allein. Sie hatte ihm so vieles gegeben. Die Jahre der Sehnsucht, all die Tränen, die sie vergossen hatte, all die Dinge, die sie mit ihm geteilt hatte, getrieben von der Angst, ihn zu verlieren. Sie starrte auf die langen Haare, die ihm ins Gesicht hingen und seine Züge verbargen. Anfangs hatte sie der Anblick gestört, doch mit der Zeit hatte sie Gefallen daran gefunden, wenn er sie offen trug, wild und zerzaust wie eine Mähne. Es erinnerte sie an einen Löwen, den König der Tiere.

»Also was?«, fragte er.

»Was?«

»Wann du die Apothekerin das nächste Mal siehst, habe ich gefragt.«

»Wie es sich eben ergibt.«

Angel hatte den Toast gegessen und wischte sich den Mund ab. »Rolli hatte etwas, das mir gehört. Es muss hier irgendwo liegen.«

»Was soll das sein?«

»Das geht dich nichts an.«

»Wie soll ich dir dann helfen?«

»Also gut. Es ist eine Tüte, vielleicht auch ein Kästchen. Ich frage mich, wo er sowas versteckt haben könnte. Hast du eine Idee?«

»Nein.«

»Denk nach!«

»Tu ich ja. Aber wenn ich nicht weiß, was du suchst…«

Angel winkte ab. »Wo kann ich pennen?«

»Auf der Couch. Wenn du mich brauchst…«

»Lass das Drama, Süße. Morgen bin ich wieder weg, und jetzt bin ich hundemüde.«

»Sicher.« Sophie nahm das Tablett an sich und ließ Angel allein. Hundemüde? Echt zum Lachen. Sie kroch in das altmodische Bett im Schlafzimmer, zog die Decke über sich und weinte sich in den Schlaf.

Im Großen und Ganzen begann der Montag wie jeder andere. Pünktlich um neun schloss Mariella die Tür zur Apotheke auf, stellte die Reklametafel auf den Fußweg und zog den weißen Kittel an. Aber dann ging alles schief. Erst fiel der Strom aus, danach entdeckte sie im Toilettenraum eine Pfütze. Wie es aussah, war das alte Wasserrohr defekt. Schon im Sommer hatte sich Klempnermeister Tischlaff gewundert, dass es noch hielt. Es wäre nur eine Frage der Zeit, bis es auseinanderplatzte. Nun war es passiert.

Mariella rief Tischlaff an, und er versprach, am Abend vorbeizukommen. Bis dahin musste sie sich gedulden. Frustriert hing sie das Schild mit der Aufschrift *Heute geschlossen* ins Fenster und verriegelte die Tür.

Im Haus wurde sie von Juan begrüßt, und wie so oft musste sie bei seinem Anblick lächeln.

»Wir haben heute frei«, sagte sie zu ihm, und als hätte der Hund sie verstanden, wedelte er freudig mit dem Schwanz.

Nach einer ausgiebigen Runde durch den Wald suchte Mariella die Bibliothek auf.

Gesine Krüger saß wie immer hinter der Theke. »Nanu? Machst du heute blau?«, wunderte sie sich, als Mariella auftauchte.

»Es gibt Probleme, wieder einmal. Kein Strom, kein Wasser – wie soll ich da arbeiten?«

»Dein Haus müsste saniert werden.«

Mariella dachte an die undichten Fenster, die maroden Stromleitungen und die alte Heizungsanlage, die ihren Dienst tat, aber die Kosten in die Höhe trieb. »Ich müsste einen Kredit aufnehmen, aber wie soll ich den zurückzahlen?«

»Gibt es Neuigkeiten über Roland Oshold?«, fragte Gesine.

»Seine Schwester will das Haus verkaufen.«

»Neues Blut im Ort schadet nie, aber eigentlich wollte ich wissen, ob die Polizei den Mörder inzwischen gefasst hat.«

»Woher soll ich das wissen?«

»Ich dachte nur, weil du doch mit dem Kommissar befreundet bist.«

Einen winzigen Moment lang meinte Mariella, Hütters Kuss auf den Lippen zu spüren. »Wir kennen uns nur flüchtig.«

»Wie ist sie denn, diese Schwester?«

»Ziemlich nett.«

»Es ist schlimm, wenn man einen Angehörigen verliert. Sie tut mir leid.«

Mariella fiel ein, was Sophie über ihren Bruder erzählt hatte. Nicht intelligent wäre er gewesen. Sonderbar, dass so einer die Bibliothek besuchte.

»Sag mal, weißt du noch, welche Bücher der Oshold bei dir ausgeliehen hat?«

»Da muss ich nachschauen.« Gesine öffnete das Computerprogramm und suchte nach der Datei. »Mineralien und Kristalle. Die Welt der Edelsteine. Der Wert des Goldes«, zitierte sie laut. »Dazu kommen noch ein paar andere Bücher, ausnahmslos Fachliteratur. Warum fragst du?«

»Nur so.«

»Komm schon, da steckt doch was dahinter.«

»Oshold war keiner, der was lernen wollte. Das sagt zumindest Sophie, die Schwester.«

»Vielleicht waren die Steine sein Hobby.«

»Sie hat nichts von einem Hobby gesagt.«

»Du würdest einer wildfremden Person auch nicht alles erzählen.«

Mariella stützte das Kinn in die Hände. »Wenn es ein Handwerker wäre, dann schon.«

»Hast du mal daran gedacht, die Apotheke zu verkaufen?«

»Ziemlich oft sogar.«

»Was hält dich davon ab?«

»Vier Generationen, die vor mir den Laden geschmissen haben. Ich kann die Traditionen nicht einfach beiseiteschieben, verstehst du das?«

»Natürlich, aber was nützt die Tradition, wenn dir das Dach über dem Kopf zusammenfällt? Die Dinge ändern sich, das ist normal, ganz besonders heute. Der Internethandel, die Landflucht, das wirkt sich auch auf dein Geschäft aus. Daran solltest du denken, und auch endlich mal an dich.«

»An mich? Das tue ich doch.«

»Tust du eben nicht. Wann warst du das letzte Mal aus? In einem Konzert oder im Kino? Du pendelst zwischen Wohnung und Laden hin und her, und wenn du frei hast, bist du mit Juan unterwegs. Mehr gibt es nicht für dich. Gönne dir etwas, bevor es zu spät ist.«

»Ich kann mich ja mal umhören, ob es überhaupt Interessenten für die Apotheke gibt.«

»Tu das, und warte nicht zu lange damit.«

Kaum zu Hause rief Mariella ihre alte Studienfreundin Cathleen Lörlicher an, die in Bitterfeld gleich zwei Apotheken betrieb.

»Natürlich kannst du kommen, ich freue mich immer, wenn wir uns sehen«, sagte Cathleen.

»Um drei bei dir?«

»Das passt. Ich habe gestern Apfelkuchen gebacken, köstlich, sage ich dir.«

Mariella lachte und legte auf. Cathleens Backkünste trieben manchmal sonderbare Blüten, denn bei der Wahl der Zutaten ging sie wie die Touristen auf den Bauernmärkten vor. Sie nahm alles mit, ob es zusammenpasste oder nicht. Nur essbar musste es sein.

Bitterfeld zeigte sich von seiner schönsten Seite. Links neben dem Ortseingangsschild winkte das Wasser der Goitzsche. Der ehemalige Tagebau war ein beliebtes Ausflugsziel. Im Sommer tummelten sich am Strand Badegäste und Wassersportler, während die Marina von Segelbooten überquoll. Mariella fuhr am Ufer entlang bis zur Siedlung hinter dem See.

Cathleen wohnte auf drei Etagen in einem schmucken Bau aus den Neunzigern. Zuletzt war Mariella um die Weihnachtszeit bei ihr gewesen, da hatten noch die Christbaumkugeln an der Tanne im Vorgarten gehangen. Jetzt war sie mit kleinen Ostereiern aus Kunststoff geschmückt, unkonventionell, aber typisch für Cathleens Geschmack.

Als die Freundin die Tür öffnete, hatte Mariella keine Chance, zu Wort zu kommen. »Rein mit dir, der Tisch ist gedeckt und Tee habe ich auch gekocht. Du magst ja keinen Kaffee oder etwa doch? Egal, setz dich erstmal und fühl dich wie zu Hause.« Auch das war typisch für Cathleen, immer in Bewegung und atemlos, als gäbe es kein Morgen.

Vorsichtig nahm Mariella auf einem der transparenten Stühle Platz, die wie billiges Plastik aussahen, aber vermutlich sauteuer waren. »Danke, dass du Zeit für mich hast.«

»Dafür sind Freunde da. Wie lange ist das her, dass wir uns gesehen haben. Drei Monate? Länger? Nimmst du Zucker zum Tee? Milch? Du brauchst es nur zu sagen, ich hole es sofort.«

»Nur Tee, bitte.«

Cathleen musterte sie. »Du siehst müde aus. Ich kann dir etwas dagegen geben, etwas Pflanzliches, ganz ohne chemische Zusätze, und es hilft tatsächlich. Erst gestern war ein Vertreter da und hat neue Präparate vorgestellt. Das geht heutzutage derart schnell, dass ständig etwas Neues auf den Markt geworfen wird, doch ich bin auf dem Laufenden, ganz up to date. Aber was rede ich, du bist ja selbst vom Fach.«

»Genau darüber wollte ich mit dir sprechen. Ich möchte dir ein Angebot machen. Ich will die Apotheke verkaufen.«

»Du willst was?«

»Verkaufen.«

Mit gerunzelter Stirn schaute Cathleen Mariella an, zum ersten Mal schweigend, jedenfalls für den Moment, denn schon öffnete sie den Mund, doch schnell fuhr Mariella fort: »Der Laden läuft nicht mehr gut, schon länger. Ich habe versucht, es in den Griff zu kriegen, aber es funktioniert nicht. Ich bin es leid, jeden Tag hinter der Theke zu stehen und mir anzuhören, dass Doc Morris billiger ist.«

»Damit habe ich nicht gerechnet, und ich muss natürlich erst einmal mit Lutz reden.« Lutz war Anwalt, Steuerberater und Cathleens Ehemann in einer Person.

»Natürlich.«

»Andererseits habe ich schon zwei Geschäfte.«

»Wenn du kein Interesse hast, dann kennst du vielleicht jemanden, der eine Apotheke möchte?«

»Dass eine Apotheke auf den Markt kommt, passiert gar nicht selten. Renteneintritt, Umzug in eine andere Stadt - Gründe gibt es viele, und Kaufwillige ebenfalls. Ich gebe dir Bescheid.«

Später, auf dem Heimweg, ging Mariella das Gespräch noch einmal durch. Sie hatte gedacht, dass sie jetzt, wo sie einen ersten Schritt in Richtung Verkauf gemacht hatte, erleichtert wäre. Doch sie war nicht. Im Gegenteil, sie hätte heulen können.

Natalie Saalmüller hatte mit Sophie Steinhuber telefoniert und erfahren, dass sie noch in Osholds Haus in Sabnitz war. Dort war sie bereit, mit ihr zu reden. Natalie stoppte den weiß-blauen Polizeiwagen auf dem Sabnitzer Dorfanger, Stoßstange an Stoßstange mit Sophies Kleinwagen, und stieg aus. Sie musterte die Häuser. Vor ihr lag Osholds Bauernhaus mit dem großen Garten, gegenüber das Fachwerkhaus, das an die hundert

Jahre auf dem Buckel haben musste. Auf dem Schild an der Tür stand, dass die Apotheke geschlossen war.

Im Kastanienbaum in der Mitte des Platzes tschilpte eine Schar Spatzen. Ein oder zwei Monate noch und er würde in voller Blüte stehen. Das Dorf glich Buttenheim, dem Ort in Oberfranken, wo sie aufgewachsen war und nach dem sie sich manchmal sehnte, abends, wenn sie im Bett lag und sich von einer Seite auf die andere drehte, weil sie nicht schlafen konnte.

Sie stülpte die Polizeikappe auf den Kopf und zog die Uniformjacke glatt, danach drückte sie auf die Klingel neben Osholds Namensschild.

Schritte näherten sich, und die Tür wurde geöffnet. Eine junge Frau schaute sie fragend an. Osholds Schwester.

»Frau Steinhuber? Ich bin Natalie Saalmüller. Wir haben miteinander telefoniert.«

»Sie können Sophie zu mir sagen. Kommen Sie rein, aber schauen Sie sich bitte nicht um. Ich bin beim Aufräumen, deshalb die Unordnung.«

Saalmüller folgte ihr in den Flur. Sophie hatte sie nicht umsonst vorgewarnt, es sah chaotisch aus. Auf Stühlen türmten sich Kleidungsstücke aller Art: Hosen, Jacken, Pullover. Die Schubladen der Kommode waren herausgezogen. Zwei waren leer, in der dritten stapelten sich Zeitungen und Comics. An einer Wand standen vier gefüllte blaue Plastiksäcke, ein fünfter war in Arbeit. Im Vorbeigehen stopfte Sophie eine Jeansjacke hinein. »Das ist für die Kleidersammlung.«

»Ich würde gern etwas über die Freunde ihres Bruders wissen.«

»Die kenne ich nicht.«

»Uns wurde ein Name genannt: Angel. Haben Sie den mal gehört?«

»Meinen Sie Dennis Angerer?«

Saalmüller zog ein Foto von Angerer aus der Hosentasche. »Ist er das?«

Sophie warf einen kurzen Blick darauf. »Sieht so aus.«

»Wir würden gern mit ihm reden. Wissen Sie, wo er sich aufhält?«

»Nein.«

Das klang viel zu zögerlich, um wahr zu sein. »Überlegen Sie nochmal. Es ist sehr wichtig, dass wir ihn finden.«

»Ich weiß nicht, wo er ist. Tut mir leid, dass ich Ihnen nicht helfen kann.«

»Na gut.« Saalmüller schrieb ihre Telefonnummer auf einen Zettel und legte ihn auf die Kommode. »Rufen Sie mich an, wenn Sie Angerer sehen, und seien Sie bitte vorsichtig, er könnte gefährlich sein.«

Sophie hatte Natalie zur Tür gebracht und sich wieder ihrer Arbeit gewidmet. Nachdem sie die letzten Säcke im Auto verstaut hatte, drückte sie den Rücken durch. Er schmerzte, als hätte sie einen Zentner Kohlen geschaufelt. Was musste Rolli auch so viel Kram horten! Ein Teil davon schien noch vom alten Eigentümer zu stammen, Latzhosen, wie sie die Landarbeiter trugen, und Gummistiefel. Es gelang ihr nicht, sich ihren Bruder darin vorzustellen. Warum zum Teufel hatte er das Zeug aufgehoben?

Auf dem Rückweg ins Haus nahm sie den Mülleimer mit, den sie am Gartentor abgestellt hatte. Drinnen sah es schon viel besser aus, der

Flur wirkte richtig leer ohne die Haufen und Stapel. Zufrieden mit ihrem Werk brachte Sophie den Eimer in die Küche.

»Hallo Süße.«

Angel trat hinter der Tür hervor. Er musste sich hereingeschlichen haben, als sie draußen beschäftigt gewesen war. Sie hatte ihn gar nicht gesehen.

Ihr Herz machte einen Sprung. »Mein Gott, warum bist du zurückgekommen?«

»Aus Sehnsucht, nehme ich an.« Seine Lippen fuhren ihren Hals entlang bis zum Schlüsselbein.

Die Berührung ließ Sophie erbeben. »Du bist verrückt.«

»Ganz bestimmt.«

»Die Polizei sucht nach dir.«

Abrupt ließ er sie los.

Sophie seufzte. Warum hatte sie ausgerechnet jetzt davon anfangen müssen? Der Zauber der Berührung war verflogen.

»Die Bullen? Woher weißt du das?«

»Eine Polizistin war hier. Sie wollte wissen, wo du bist.«

»Verdammt.«

»Du solltest dich melden. Sie wollte dir nur ein paar Fragen stellen, über Rolli. Du hast doch nichts angestellt, oder?«

Angel beugte sich vor. Sein Blick bohrte sich in Sophies Augen. »Wie kommst du darauf?«

Ein Schauer überlief sie. Wenn er nur aufhören würde, sie so anzusehen, lauernd wie ein wildes Tier. »Entschuldige, ich habe nicht nachgedacht.«

»Was hast du den Bullen gesagt?«

»Dass ich nichts weiß. Ehrlich, ich schwöre es.«

»Sonst nichts?«

»Sonst nichts.«

Angel wandte sich ab. Erleichtert atmete Sophie auf, doch seine nächsten Worte brachten die Angst zurück.

»Ich habe nachgedacht. Die Ware ist hier, und du wirst mir helfen, sie zu finden.«

»Welche Ware? Wovon redest du?«

Mit einem Schritt war er bei ihr, riss ihren Kopf nach hinten. Sein Gesicht war ganz nah, sie sah die unterdrückte Wut in seinen Augen. Diesen Ausdruck kante sie nur zu gut kannte. Eisig rann es über ihren Rücken, und sie schnappte nach Luft.

»Dein Bruder hat mich beklaut.«

»Rolli würde nie…«

»Er hat es, das steht fest. Jeden Tag im Knast habe ich daran gedacht, wie es sein wird, wenn ich rauskomme, jeden gottverdammten Tag. Ich habe mir vorgestellt, dass ich nur meine Kohle holen muss, um abzuhauen aus diesem Scheißland. Weg in die Sonne, nach Nicaragua vielleicht oder Mexiko. Jeden einzelnen Tag habe ich mich daran geklammert, an meinen Traum. Nur deshalb habe ich Rolli nicht verpfiffen.«

Er stieß Sophie von sich. »Aber als ich zu ihm kam und meinen Anteil wollte, hat er mich ausgelacht. Das Lachen ist ihm schnell vergangen, das kannst du mir glauben.«

»Was hast du mit Rolli gemacht?« Plötzlich begriff sie. »Oh mein Gott, du warst es. Du hast ihn getötet.«

»Er hatte es verdient. Und du? Was willst du nun tun? Mich etwa anzeigen?«

Sophie wich bis zur Wand zurück. »Du musst dich stellen.«

»Damit ich wieder in den Knast komme?«

»Aber...«

Angel stemmte die Arme rechts und links von ihrem Kopf an die Wand. »Aber was, Süße?«

Sein Atem streifte sie, er roch nach Opium. Angewidert drehte sie den Kopf zur Seite, doch Angel packte ihr Kinn und riss ihn herum, sodass sie ihm ins Gesicht sehen musste. Seine Augen waren schmale Schlitze. Wie Schießscharten, durchfuhr es sie, und sie wusste, was gleich passieren würde. Blitzschnell duckte sie sich unter seinem Arm hindurch und stürzte in den Flur. Er kam ihr nach, seine Stiefel trampelten über den Holzboden, zu nah, als dass sie es bis nach draußen schaffen würde.

Links gähnte die Öffnung, hinter der eine Treppe in den Keller führte. Sie warf sich herum und hastete hinab, verfehlte eine Stufe und wäre fast gefallen, doch im letzten Moment packte sie den Handlauf und hielt sich daran fest. Ihr Handgelenk knackte, Schmerz jagte den Arm hinauf bis in die Schulter, doch Sophie hetzte weiter.

Angels Schritte kamen näher, langsam, aber unerbittlich. Als wüsste er, dass sie nicht entkommen konnte.

Ihr tränenverhangener Blick huschte umher und blieb schließlich an der Kammer hängen, in der Kartoffeln lagerten. Sie flog förmlich über die Schwelle, schlug die Tür hinter sich zu und tastete nach dem Riegel. Sie konnte ihn nicht finden und unvermittelt wurde ihr klar, woran es lag. Nicht innen, sondern außen musste er sein.

Verzweifelt sah sie sich um. Der Schrank in der Ecke, etwas anderes blieb ihr nicht. So leise wie möglich kletterte sie hinein. Er war mit Mänteln und Jacken gefüllt, die nach Schmutz und Mottenkugeln rochen. Egal, eilig vergrub sie sich darin. Dann erstarrte sie. Was war das? Ein Scharren? Das Trommeln ihres Herzens dröhnte in den Ohren. Vielleicht hatte sie sich getäuscht, vielleicht war Angel wieder nach oben gegangen.

Mit einem Ruck sprang die Schranktür auf, und sie starrte in sein Gesicht. Dann sah sie den Totschläger in seiner Hand und wusste, dass es für sie kein Entkommen gab.

Angel konnte den Blick nicht von ihr abwenden. Wie schön sie war, besonders, wenn sie vor Angst zitterte, so wie jetzt. Aber der Schrank war ja nun wirklich kein passender Platz für sie. Er zerrte sie zwischen den Lumpen hervor und stieß sie zu Boden.

»Womit wollen wir anfangen?«

»Bitte…« Sophies Stimme brach.

»Du hast recht«, raunte er. »Es fehlt noch die passende Musik.«

Er verriegelte die Tür und lief in die Stube. Sein Handy lag neben dem Wein auf dem Tisch. Schnell, schnell. Die Hunde in ihm knurrten und bellten.

An der Tür klingelte es. Er griff nach dem Handy und rannte zurück in den Flur. Wieder kleingelte es, diesmal länger, dann hämmerte jemand an die Haustür, und eine Frauenstimme rief nach Sophie. Wenn das nicht aufhörte, würde noch das ganze Dorf aufmerksam werden.

Angel öffnete und sofort erinnerte er sich. Die Apothekerin, das Mädchen von gegenüber. »Was für eine Überraschung.«

»Ich möchte zu Sophie. Ist sie da?«

»Nein, aber ich wollte soeben eine Wagneroper

anhören. Sie können mir gern Gesellschaft leisten.« Er bemerkte ihr Zögern. Die Hunde rissen an den Ketten. »Na gut, lieber ein anderes Mal.«

Bevor er die Tür schließen konnte, war ihr Fuß dazwischen, und Mariella drängte sich an ihm vorbei. »Wagner klingt nicht schlecht.«

»Kommen Sie ins Wohnzimmer, da ist es gemütlicher.«

Sie gingen an der Kellertreppe vorbei in die Stube.

Angel dirigierte Mariella auf die Couch und startete die Playlist auf seinem Handy. »Das ist Parzival. Die Geschichte von Keuschheit, Selbstverstümmelung und Erlösung.«

Mariella rutschte auf dem Sofa hin und her. Sie schien etwas auf dem Herzen zu haben. Er stellte sich vor, wie es wäre, wie sie sich auszog, ganz langsam.

»Ich frage mich, warum sie mich angelogen haben«, sagte sie.

»Ich - Sie?«

»Sie haben gesagt, Roland Oshold wäre verreist, und Sie würden auf das Haus aufpassen.«

»Und?«

»Herr Oshold konnte nicht verreist sein, er war schließlich tot.«

Angel zuckte mit der Schulter. »Ich hatte keine Ahnung.«

In diesem Moment drang ein Schrei durch das Haus.

Mariella sprang auf. »Das war Sophie.«

»Ich sagte Ihnen doch, dass sie nicht hier ist.«

»Ich bin mir ganz sicher, dass sie nach Hilfe gerufen hat.«

»Sie irren sich.«

Ein zweiter Schrei war zu hören. »Das kommt von draußen, vom Flur.«

Ehe Angel reagieren konnte, hatte sich Mariella an ihm vorbeigeschoben und stand im Korridor. »Sophie?«

»Ich bin hier«, drang Sophies Stimme aus dem Kellergang.tAngel hatte Mariella eingeholt und packte sie am Arm. »Überlegen Sie sich genau, was Sie tun. De Frau ist krank, psychisch, kapiert? Was sie braucht, ist Ruhe. Ihre Hilfe ist fehl am Platz.«

Die Kraft, mit der er zurückgestoßen wurde, überrumpelte ihn. Schon war Mariella die Treppe hinabgerannt und fummelte an der Kammertür herum. Er jagte ihr nach und erreichte sie in dem Augenblick, als die Tür aufsprang. Er stieß sie in die Kammer, warf die Tür wieder zu und schob den Riegel vor. Dann rannte er nach oben. Die Hunde ließen sich nicht länger halten. Mit fliegenden Händen bereitete er das Opium vor. Es war nur noch ein Rest übrig, das musste reichen, und während er den Rauch in die Lungen sog, sangen die Ritter des Grals lautstark vom Heilkraut, das Linderung schuf.

Mariella und Sophie saßen eng beieinander auf den Lumpen, die sie aus dem Schrank gezerrt und auf einen Haufen geworfen hatten, um sich vor der aufsteigenden Kälte des Kellerbodens zu schützen.

»Wagner, wieso ausgerechnet der?«, murmelte Mariella.

»Ich weiß es nicht, ich weiß überhaupt nicht mehr, wer Angel eigentlich ist.« Sophie begann zu weinen.

»Scht, sei leise.«

»Warum? Er ist bestimmt wieder zugedröhnt, er hört uns nicht.«

Mariella stand auf. Es war stockdunkel, allein der enge Spalt unter der Kellertür bildete einen hellen Strich, aber er war viel zu schwach, um etwas erkennen zu können. Sie tastete sich die Wand entlang bis zur Tür und lauschte. Laute Musik drang von oben herab. Wie lange mochte es dauern, bis Angel aus seinem Rausch erwachte und kam, um sie…

Unwillig schüttelte Mariella den Kopf. Sie würde sich nicht ergeben, sondern nach einem Ausweg suchen. »Hat das Haus eine Hintertür?«

»Nein.«

»Was ist mit den Fenstern? Der Keller hat welche, man kann sie von der Straße aus sehen.«

Sophie schniefte. »Die gehen nach vorn hinaus, wir sitzen hinten. Glaub mir, es ist zwecklos, wir kommen hier nicht raus.«

Blieb die Tür. Wenn sie nur etwas Spitzes hätte. Etwas, mit dem sie in den Spalt fahren könnte. Vielleicht konnte man die Tür aus den Angeln heben.

Als sie die Treppe hinuntergestürmt war, hatte sie nur auf das Schloss geachtet, aber nun, da sie das Holz befühlte, merkte sie, dass die Tür aus massiven Bohlen bestand, zwischen denen nicht der geringste Spielraum war. Bestimmt war sie schwer wie Beton.

»Sie suchen ihn«, flüsterte Sophies.

»Was?«

»Eine Polizistin war hier. Sie wollte wissen, wo Angel ist.«

»Wann war das?«

»Vorhin.«

Bestimmt würde sie nicht so schnell wiederkommen. Die Mauer war kalt und feucht und voller Spinnweben. Auf der Suche nach einem Spalt tastete sich Mariella an ihr entlang. Sie ging systematisch vor, Stein für Stein. Manchmal griff sie in etwas Feuchtes, dann wieder spürte sie kleine Krabbeltiere über ihre Hand huschen und hätte am liebsten mit der Suche aufgehört, doch sie biss die Zähne zusammen und zwang sich, weiterzumachen. Endlich fand sie, was sie gehofft hatte: eine Fuge, weniger fest als die anderen. Sie bohrte den Fingernagel hinein und tatsächlich, der Mörtel gab nach. Körnchen rieselten auf den Boden.

»Sophie, hilf mir.«

Wie besessen kratzten sie an dem Mörtel und Sand herum, bis zwischen den Steinen ein Hohlraum entstand. Mariella schob die Hand in das Loch, doch sie kam keine Streichholzlänge weit, da stieß sie auf Widerstand.

»Was ist?«, fragte Sophie.

»Die Wand scheint aus mehreren Ziegelreihen zu bestehen.«

»Dieser elende Bauer, musste der solche scheiß dicken Wände bauen?«

Mariella hätte sagen können, dass gerade die dicken Wände wichtig für die Dörfler waren, weil sie das Fachwerk stützten, doch das war in ihrer Lage kein Trost. Schweigend suchte sie nach einer besseren Stelle. Ihr war klar, dass das nichts brachte, aber sie musste sich beschäftigen, sonst würde sie noch verrückt werden in dem dunklen Raum.

»Mariella?«

»Hm?«

»Ich habe Angst.«

»Ich auch.«

»Angel hat Rolli umgebracht, und er wird auch uns töten.« Sophies wimmerte leise.

Mariella hätte ihr gern gesagt, dass sie sich nicht sorgen musste. Dass sie fliehen und dem Mann entkommen würden, doch nichts davon kam über ihre Lippen. Sophie hatte recht, sie würden beide sterben. Aber noch war sie nicht bereit, sich kampflos ihrem Schicksal zu ergeben.

Vierzehn

Obwohl es schon nach acht Uhr am Abend war, brannte auf der ganzen Etage der K2 noch Licht. Die Ermittlungsgruppe saß zusammen.

Veit Hütter rekapitulierte die Fakten: »Roland Oshold wurde erschlagen und danach auf der Landstraße abgelegt, um die Tat zu vertuschen. Die Kleidung des Opfers wies DNA-Spuren auf, die wir Dennis Angerer zuordnen konnten, einem Freund des Toten. Das haben eine ehemalige Nachbarin sowie seine Schwester bestätigt. Angerer ist wegen eines Raubüberfalls vorbestraft, doch er hatte einen Komplizen, der bis heute nicht gefasst werden konnte. Wir haben Grund zur Annahme, dass es sich dabei um Oshold handelt, denn ungefähr zur gleichen Zeit als Angerer anonym angezeigt wurde, ist Oshold untergetaucht. Vermutlich mit der Beute, Diamanten im Wert von zwei Millionen Euro.«

»Damit hätte Angerer ein Motiv. Doch ob das stimmt, wissen wir erst mit Sicherheit, wenn wir ihn befragt haben, und dazu müssen wir ihn erst einmal finden«, sagte Krammel.

Hütter lächelte matt. Seine Augen brannten, als hätte er seit drei Tagen nicht geschlafen. »Ich informiere den Staatsanwalt. Grump wird der Erweiterung der Fahndung zustimmen müssen, sonst drehen wir uns im Kreis.«

Sie wussten alle, was eine Zielfahndung hieß: eine Suche, die ihnen keine Zeit zum Luftholen ließ.

Grump hatte nicht nur der erweiterten Fahndung zugestimmt, sondern überdies einen Spezialisten aus der Landeshauptstadt angefordert, der mit Hilfe eines IMSI-Catchers Mobiltelefone aufspüren konnte. Sein Name war Hans Merkwitz.

»Auf jeder SIM-Karte ist eine weltweit einmalige Nummer gespeichert, die International Mobile Subscriber Identity, kurz IMSI«, hatte Merkwitz den Ermittlern erklärt. Der Catcher würde ein Netz simulieren, auf das jedes sich in der Nähe befindliche Handy reagierte. Nachdem diese den jeweiligen Eigentümern zugeordnet waren, blieb mit ein bisschen Glück eins übrig, das nicht registriert war, nämlich das von Dennis Angerer. Selbst wenn er die SIM-Karte gewechselt hatte, konnte man sein Handy über die IMEI orten, die sich auf jedem Gerät befand.

Daraufhin hatte Saalmüller angeregt, in Sabnitz mit der Suche zu beginnen. Seitdem waren drei Stunden vergangen.

Unruhig lief Hütter im Beratungsraum auf und ab. Immer wieder sah er auf die Uhr. Der Minutenzeiger schien ihn zu verhöhnen. Langsam wie eine Schnecke kroch er über die Scheibe.

Aller halben Stunden hatte Krammel bei Merkwitz nachgefragt, doch es gab noch kein Ergebnis. Es dauerte halt, hatte Merkwitz getröstet. Bis dann endlich die Meldung kam. Fünf Minuten noch, dann wäre er so weit. So lange musste sich Hütter noch gedulden. Geduld aber hatte er noch nie gehabt. Schon als Kind musste es immer schnell für ihn gehen. Am schlimmsten waren die Einkaufstouren gewesen, zu denen ihn Mutter mitgeschleppt hatte. Schon nach der ersten Anprobe hatte er gequengelt, jedes Mal. Mutter aber hatte nur gelächelt, auch das jedes Mal. *Das wird schon, Junge.* Ein Blick auf die Uhr. Vier Minuten.

»Du machst uns nervös«, sagte Krammel.

Drei Minuten.

Das Telefon schrillte. Merkwitz war dran. »Wir haben ihn.«

»Wo ist er?«

»Wie vermutet in Sabnitz, in Osholds Haus.«

»Gute Arbeit. Jetzt holen wir ihn uns.« Hütter rief Luis Matula und Natalie Saalmüller zu, dass sie sich beeilen sollten. Tom Krammel war schon in der Tür.

Eine halbe Stunde später ließen sie die Autos im Leerlauf auf dem Dorfanger ausrollen. Der Himmel war schwarz, kein Mond, keine Sterne. In Osholds Haus brannte Licht.

Hütter lotste Matula und Saalmüller auf die Rückseite des Gebäudes, während Krammel und er die Vorderseite übernahmen. Dann gab er das Zeichen.

Sie rannten zur Eingangstür, Krammel rechts, Hütter links. In Hockstellung lauschten sie, doch im Haus war alles ruhig.

Hütter zog seine Waffe und nickte Krammel zu. Krammel trat die Tür auf, und gemeinsam sprangen sie ins Innere. Sich gegenseitig deckend sicherten sie den Flur. Von Angerer war nichts zu sehen. Küche, Bad, beides leer. In der Stube fanden sie ihn. Er hockte in einem Sessel und schaute sie mit glasigen Augen an.

Krammel senkte die Pistole. »Sie sind hiermit vorläufig festgenommen. Sie haben das Recht zu…«

Die restlichen Worte hörte Hütter schon nicht mehr. Er war auf dem Weg in den Keller, aus dem Mariella und Sophie um Hilfe riefen. Kurz darauf lag Mariella in seinen Armen.

221

Er hielt sie fest, als wollte er sie nie wieder loslassen. »Es ist vorbei, du bist in Sicherheit.«

Natalie Saalmüller tauchte auf, sie führte Sophie nach oben.

»Was hast du dir bloß gedacht?«, fragte Hütter, als er mit Mariella allein war.

»Weil ich hier bin? Ich wollte nur Sophie besuchen, aber dann war plötzlich Angel da.«

»Du hättest mich sofort anrufen müssen.«

»Hätte, hätte…« Mariella klang kläglich, dann begann sie zu schluchzen. Ihre Tränen nässten sein Hemd, doch seinetwegen konnte sie weinen, solange sie wollte. Hauptsache, ihr war nichts passiert.

Krammel und Saalmüller hatten Angerer in die PD überführt. Hütter brachte Mariella nach Hause und begab sich zurück in Osholds Haus.

Tutzler war mit Kollegen vom Erkennungsdienst eingetroffen. Sie hatten tragbare UV-Lampen aufgebaut und sicherten alles, was Angerer hinterlassen hatte. Als sie das Wohnzimmer auseinandernahmen, entdeckten sie auf der Rückseite des gerahmten Mona-Lisa-Drucks einen Schlüssel, der mit Klebeband befestigt war. Im Keller fanden sie die dazugehörende Kiste. Unter einer muffigen Jacke stand sie in dem alten Kleiderschrank. Als sie die Kiste öffneten, kam ein Stoffbeutel zum Vorschein, der Diamanten und Edelsteine enthielt. Wie es aussah, hatten sie die Beute aus dem Raubüberfall auf das Leipziger Juweliergeschäft aufgespürt.

Vier Monate und zwei Wochen hatten Hütter und die Mordkommission gebracht, um den Oshold-Fall aufzuklären. Eine beachtliche Leistung, hatte Grump gesagt, und dass es Breitmann nicht besser gemacht hätte. Das war für Hütter das größte Lob gewesen.

Jetzt war er nach Bamberg unterwegs. Auf der Autobahn reihten sich die Fahrzeuge aneinander. Es war Gründonnerstag, und die Leute wollten in die Osterferien, zu Verwandten oder Freunden. Nach siebzig Kilometern kam er in einen Stau. Zwei Wagen waren kollidiert, es ging nur noch im Schritttempo voran.

Er bog auf die nächste Raststelle und erstand einen Kaffee, der schlimmer schmeckte als die Brühe aus dem Automaten der Polizeidirektion. Nach zwei, drei Schlückchen warf er ihn in einen Müllcontainer und fuhr weiter. Noch immer war Stau, zäh wie Gummi zog er sich dahin. Das gab ihm Gelegenheit, an seine Mutter zu denken. In der Nacht war sie gegangen, und obwohl er gewusst hatte, dass sie sterben würde, konnte er es kaum begreifen. In seinem Bauch hockte ein eisiger Klumpen. Alles in ihm drängte danach, das Klinikum so schnell wie möglich zu erreichen, wo Vater wartete. Schon erwog er, die Autobahn zu verlassen, da hatte sich der Stau plötzlich aufgelöst, und er gab Gas.

Als er an der Klinik ankam, war es dunkel. Er parkte den Wagen und stieg aus. Eine Weile stand er vor dem gläsernen Eingangsbereich herum, als würde er auf jemanden warten. Schließlich gab er sich einen Ruck und trat durch die Tür.

Sie hatten die Mutter in ein separates Zimmer verlegt. Ihr Gesicht wirkte friedlich und gelöst, als hätte sie endlich Ruhe gefunden. Vater saß an ihrem Bett, ihre Hand zwischen den seinen. Wie alt er geworden ist, dachte Hütter.

»Sie will in einem Friedwald begraben werden.« Vaters Stimme klang zersprungen.

Hütter musste sich räuspern, ehe er sprechen konnte. »Warum dort?«

»Es soll im Grünen sein.«

»Aber sie war noch nie ein großer Naturfan.«

»Was macht das schon? Letztendlich sind wir alle ein Teil der Natur. Vielleicht geht es darum. Um den Wunsch, etwas zurückzugeben.«

»Lass uns nach Hause gehen. Wir können im Moment nichts tun«, sagte Hütter.

Der Vater schüttelte den Kopf. »Ich bleibe noch ein bisschen, aber geh du ruhig vor. Im Gefrierfach ist eine Dose mit Bohnensuppe. Du kannst sie auftauen und essen.«

»In Ordnung, aber mit dem Essen warte ich, bis du kommst.«

»Wozu? Ich habe ja doch keinen Hunger.«

Hütter zwang sich, den Vater zu drücken. »Du bist nicht allein, Dad.«

Er bekam keine Antwort.

Zwei Tage später war Hütter in Sachsen zurück. Jeden dritten Tag rief sein Vater an, und inzwischen machte es ihm nicht mehr so viel aus, mit ihm zu reden. Er ertappte sich sogar bei dem Gedanken, um eine Versetzung nach Franken zu ersuchen. Dem alten Mann zuliebe, der jemanden brauchte und ohne ihn nur schlecht zurechtkam. Dann wieder verwarf er die Idee und tat sie als dummen Einfall ab. Sie würden sich nur streiten.

Am Pfingstsonntag fuhr Hütter in Dübener Heide. Er hatte die Fensterscheibe geöffnet und hielt den Ellenbogen in den Wind. Das Wetter war mild. Manchmal zog ein warmer Hauch zwischen den Sträuchern und Hecken am Straßenrand hindurch und ließ die Blätter rauschen. Der Frühling neigte sich dem Ende zu.

Eigentlich wollte Hütter wandern gehen, doch als er durch Sabnitz kam, hielt er an.

Die Dorfstraße war mit Holzböcken gesperrt. Vor dem Eiscafé der Tezianos hingen Blumenbänder und Girlanden. Musik klang ins Freie.

Spontan trat Hütter durch die Tür und platzte in eine Hochzeitsfeier. Lore hatte ihn als erste gesehen. »Kommen Sie, um mir zu gratulieren?«

»Wer ist denn der Glückliche?«

Sie winkte einen jungen Mann heran. Als er neben ihr stand, sagte sie stolz: »Das ist Antonio, mein Mann und der Vater meines Kindes.«

Hütter lächelte und drückte ihnen die Hände. »Meinen Glückwunsch.«

Lore zeigte zum Buffet. »Mariella ist dort.«

Seit ihrer Befreiung hatte Hütter sie noch nicht wieder gesehen. Er zögerte einen Moment, dann ging er zu ihr hin. »Bist du böse auf mich?«

»Ich weiß nicht. Habe ich Grund dazu?«

»Nicht, dass ich wüsste.«

»Du guckst skeptisch«, sagte Mariella.

»Ich zermartere mir den Kopf, ob du mit mir ausgehen willst.«

»Und sonst?«

»Ich habe keine Ahnung.« Hütter grinste breit. Tief im Innern wusste er, dass Mariella *ja* sagen würde.